逆井卓馬 Author: TAKUMA SAKAI

[插畫] 遠坂あさぎ illustrator: ASAGI TOHSAKA

Heat the pig liver (第7次)

the story of a man turned into a pig.

Kadokawa Fantastic Novels

豬肝記得煮熟再吃

梅斯特利亞

Heat the pig liver / MAP

the story of
a man turned into
a pig.

該說熱壓三明治嗎……
總之可以肯定是
美少女的各種部位
從左右兩邊壓在我身上的
終極狀況。

Heat the pig liver

the story of a man turned into a pig.

豬肝記得煮熟再吃

（第7次）

逆井卓馬

Author: TAKUMA SAKAI

[插畫] 遠坂あさぎ

illustrator: ASAGI TOHSAKA

Kadokawa Fantastic Novels

Contents

目錄

Heat the pig liver

序 只要有一個人做決定就好

陰暗的辦公室裡，充斥著獨特的香氣與沉悶的氣氛。

雖然窗外吹著清爽的涼風，但那些窗戶絕對不會打開。豈止如此，現在每扇窗戶都被厚重的窗簾給覆蓋住。從縫隙間照射進來的光芒照亮飄浮在空氣中的塵埃，同時也給這個房間帶來些微的光明。

「這樣真的妥當嗎？」

一位老嫗跪在深紅色地毯上，銀色長髮在她背後散開。

老嫗隔著老舊的木製大桌子抬頭仰望著君主。桌子是從初代女王那時傳承下來的古董，老嫗已經像這樣與三代國王隔著桌子面對面。

「無須確認。我言出必行。」

這一代是歷代以來最年輕的國王。

第二代之後，會在國王衰老時由王子繼承王位，因此最快也會在年過五十之後才登上王座。

但前前代國王因為詛咒而喪命，前代國王在身體被占據的狀態下被葬送，那沉重的壓力很快就降臨到這名年輕人身上。

在堆積如山的書本另一端，可以看見凌亂的金髮與蒼白的額頭。

「不過……目前對耶穌瑪的待遇，必定會引起解放軍的反彈。不僅如此，還要變本加厲地告知他們那般嚴苛的要求，甚至對一名年幼的少女出動軍隊——」

「我明白，這一切我都懂。」

國王將雙肘靠在桌上，雙手在額頭前交叉。戒指在他右手中指發出亮光。在老嫗的眼中，戒指的光輝看起來實在非常不祥。

戒指是國王母親的遺物，其中隱藏著比任何詛咒都還要強力的魔法。

「其他人只管服從國王決定的事情。這個王朝從初代開始，不就是這樣運轉至今的嗎？」

「……屬下明白了。」

老嫗深深地低頭行禮。她別無選擇。就算自己反抗命令，也只是換個人來代替自己進行同樣的事情罷了。與其變成那樣，還不如自己動手。

其他親信也都抱持著一樣的想法。大家都認為只能由自己動手了。

自從「十字處刑人」的事件之後，這位年輕國王便完全變了個人。簡直像是另一個人——反倒該說他彷彿放棄當個人類，變成了惡魔一般——他開始會做些可怕的決定。而沒有任何人被允許提出一點異議。

擁有神之力的絕對君王。他的一言一語等同神的宣告。

縱使那位神已經喪失慈悲之心，開始崩壞也一樣。

「你們繼續嚴密地調查能夠調查的事情。王朝會毫不猶豫地實行調查結果顯示的最佳方法，絕對不會夾雜任何私心或良心。」

這是神的旨意。

「遵命。」

再次低頭行禮後，老嫗稍微抬起頭看向國王。

只見國王正拿起黑色瓶子，將焦褐色的黏稠液體倒入玻璃杯。泥巴與血液濃密地攪拌在一起的臭氣，被形容成「彷彿在燉煮戰場的泥土般」。那是一種以纈草根為主原料，加上幾樣讓人不敢說出口的材料製作而成的強力精神安定劑。

國王將那種藥劑大量地儲藏到以細緻圖案裝飾的老舊葡萄酒瓶裡，辦公時經常飲用。辦公室裡因此充斥著陰鬱的臭氣，總是悶不通風。

「我不會虧待你們，只管閉上嘴服從我的命令吧。」

國王用低沉的聲音對即將離開的老嫗這麼說了。老嫗深深一鞠躬，離開房間。

「……只要有一個人做決定就好。」

關上房門之際，她聽見了彷彿在找藉口般如此低喃的聲音。

第一章 別把阿宅的對話打成逐字稿

叮叮噹噹——牛鈴發出清脆的聲響。

我沿著狹窄的通道前進。有一間古典的咖啡廳，是個被溫暖光芒包覆的熱鬧空間。以五彩繽紛的玻璃裝飾的燈具擺放在各處，咖啡廳內部簡直宛如珠寶盒。抬頭仰望，可以看見白瓷茶杯整齊地排列在牆壁上。

人聲與餐具互相碰觸的聲響十分悅耳。然而即使我側耳傾聽，那些聲音感覺也很模糊，聽不清楚他們在說些什麼——應該說確實可以感受到有人在的氣息，視野卻莫名迷濛，無法看見那些人的身影。

扣除掉視線位於豬的臉部高度這點，那景色感覺依舊有些脫離現實。

簡直就像身處夢境一般。

我繼續前進，結果在通道前方看見兩個人的身影。

在被五彩繽紛的燈具圍繞的明亮餐桌座位上，兩名女性面對面。只有她們的身影例外，連細節我都能清楚看見。

是個穿著寬鬆灰色連帽衣的女性，與披著不知是否為病人服的淺水藍色長袍的女性。無論哪方都是散發現代感與現實氛圍的客人，跟這間氣派高尚的咖啡廳格格不入。

「喔，你來了呀，蘿莉波先生。辛苦了。」

連帽衣女性面向這邊，向我打招呼。

我對那張臉有印象。頗具分量的瀏海、感覺很溫柔地露出微笑的嘴角，以及最重要的是那副形同註冊商標的紅框眼鏡。她是與我同樣曾轉移到異世界的女大學生夥伴——冰毒。

我陷入混亂。冰毒理當留在日本才對，我為何會與她面對面，況且還是維持著豬的模樣？正當我想開口提出疑問之際，坐在她對面的女性朝這邊露出微笑。

那是張陌生的臉，看來比冰毒年輕個幾歲，留長的頭髮披在病人服的背後。雖然端著茶杯的手非常纖細，卻能從為了拿茶杯而向前彎的胸口窺見相當大的——沒事。

我移開視線，結果發現了一件事。少女沒有端著茶杯的那隻手正撫摸某個黑色物體——那是將身體蜷縮起來，躺在沙發上的一隻黑豬。

就在我腦內冒出三個問號時，冰毒開口詢問我：

「蘿莉波先生，你知道『全面啟動』這部電影嗎？」

我一邊心想她怎麼突然這麼問？一邊回答：

「就是那個間諜會潛入他人夢境裡的故事吧。」

「哦，原來是這樣呀？其實我沒看過那部電影。」

「原來妳不是要用電影內容舉例向我說明現況啊……」

「啊哈哈，那樣太不像我了。我不會做那麼酷炫的行為啦。」

正當我們像這樣互相調侃之際，我察覺到一件事。

「……這裡是夢境中嗎？」

「你說對了。這地方很棒吧？是布蕾絲創造出來的喔。」

冰毒以端起茶杯的手指著對面的少女。

出乎預料的這番話讓我的豬腳僵住了。布蕾絲？

「好久不見了，小豬先生。」

聽到她用梅斯特利亞的語言向我搭話，我大吃一驚。那奇怪的稱呼方式……雖然聲音不同，但的確是布蕾絲叫我的方式。

「呃……」

神祕少女對感到困惑的我柔和地露出微笑。

然而少女的長相跟布蕾絲完全不像。她留著一頭黑髮，不管怎麼看都是日本人。仔細一看，她深邃的雙眼皮跟冰毒非常相似，還有那身病人服——以及纖細的手臂，是因為長期住院嗎？我曾聽說冰毒有個幾乎是植物人狀態的妹妹。既然如此……

是冰毒的妹妹很投入地在扮演布蕾絲……？

不，應該不是她妹妹很投入地在扮演吧，梅斯特利亞的語言並非輕易模仿得來的。況且她妹妹要怎麼模仿一個在異世界死掉的少女？

「這是怎麼回事?妳妹妹怎麼會——」

見我要求解釋，冰毒將手貼在下顎，稍微思考起來。

「蘿莉波先生，你看過《祕密》這本小說嗎?」

「……嗯，記得是主角已故的妻子靈魂進入昏迷不醒的女兒身體裡這樣的故事吧。」

「哦，原來是這樣呀?感覺很有意思。」

「呃……拜託妳用《祕密》的內容舉例，向我說明現況吧。」

就是這樣，我才不想把阿宅之間的對話打成逐字稿。

「也就是說，布蕾絲的靈魂進入了妳妹妹的身體裡嗎?」

「我認為應該是那麼回事吧。雖然不知道對不對。」

我想她應該不至於不知道，但感覺冰毒比上次見面時要活潑許多，看起來很開心的樣子。她妹妹——不，應該說布蕾絲也看著那樣的冰毒，輕輕露出笑容。

假如這名少女真的是布蕾絲——是那個以前一點笑容也沒有的布蕾絲，這實在是一樁佳話。

——我死了之後，請帶我到小豬先生的世界。

我想起很久以前聽她說過的願望。

「這表示妳成功到了那邊的世界啊。」

一如我的靈魂寄宿在梅斯特利亞的豬身上，布蕾絲的靈魂也進入了冰毒妹妹的身體裡嗎？

我心想，幸好不是寄宿在日本的豬身上。

「一定是多虧了小豬先生。」

「那……真是太好了。」

雖然跟她感覺非常危險的胸口絕對完全沒有關係，但不知是否感到動搖，我說不出什麼像樣的話。當然，我也不是在想什麼因為布蕾絲胸部很大，才會寄宿在胸部大的人身體上這種事。要是我能講些貼心的話就好了。

但我不知該講些什麼，反倒拋出疑問。

「這麼說來，我在夢裡聽過幾次呼喚我的聲音。那也是布蕾絲在呼喚我嗎？」

「對。後來我嘗試了很多方法，才總算能以這種形式與小豬先生見面。」

儘管好奇她是怎麼嘗試很多方法，才能辦到這種事的，但現在先別管這些吧。

「這樣啊……該怎麼說才好呢……」

我設法尋找適合的話語，與看來很幸福的少女面對面。

「妳的願望實現了呢。」

「是的。就如同小豬先生所說的，這邊的世界是很棒的地方，冰毒小姐跟醫院的人們都很親切。」

「……那真是太好了。」

可以看到她纖細的腳踝前方打著赤腳，說不定她不曾離開過醫院。

如果醫院外面對她而言也是個溫柔的世界就好了。

就在我思考著這些事情時，一旁突然傳來一個怪聲。

「Merlin's beard（梅林的鬍子）!!這間店真棒呢。」

只見一隻山豬穿著做工略顯粗糙的荷葉邊洋裝，一臉得意地站在我身旁。

又來了個麻煩人物……

「別用那種哈利波特世界的慣用句啦，這樣世界觀會崩壞的。」

「不愧是蘿莉波先生，真是連輕小說主角都自嘆弗如的精準吐槽。」

「不知為何感覺像是被激怒一樣，不怎麼開心耶。」

就是這樣，我才不想把阿宅之間的對話打成逐字稿。

難得的氣氛都被搞砸了。哎，但我剛才也因為陷入感傷而不曉得該說什麼才好，這樣或許比陷入沉默要好得多吧。

上次跟這隻山豬——也就是兼人碰面，是兩星期前的那個晚上了。在地下墳場沾滿鮮血的那一晚。我壓根兒沒想到下次居然是在夢中見到他。

即使看到會說話的豬與山豬登場，冰毒依舊絲毫沒有動搖，而是揚起嘴角露出笑容。

「很好，所有人都到齊了呢。」

然後她拿「全面啟動」與《祕密》的內容舉例，開始向兼人說明現況。

她果然也知道這兩部作品的劇情嘛。

兼人似乎很輕易地理解了狀況，卻仍殘留著一個疑問。

「噯，冰毒，那隻黑豬該不會……」

「啊，薩農先生的睡眠狀態似乎還有點不穩定。雖然我有事先告訴他時間，但他仍在ICU，所以病房也不同。既然黑豬先生在這裡，我想應該進行得還算順利吧。」

睡眠狀態？還有——ICU？應該不是在說國際基督教大學（ICU）吧？

山豬立刻開口詢問：

「薩農先生在那邊（日本）嗎？」

「沒錯。大概是兩星期前吧？他突然醒來了。果然是在那邊發生了什麼狀況嗎？」

我跟山豬面面相覷。

「薩農先生……沒跟妳說嗎？」

「哎呀，薩農先生雖然有意識，但沒辦法清楚地說話。他好像也沒那個心情，所以我們還沒聽說詳情。」

這樣啊……他當然沒那個心情吧。

我想起在瞬間爆炸四散的黑豬。那次失敗對薩農先生而言肯定造成了莫大的心理創傷，卻沒想到他居然住進了加護病房（ICU）。他的情況嚴重到無法清楚地說話嗎？

「那麼，關於我要說的正題——」

冰毒將茶杯輕輕放在碟子上。

「蘿莉波先生、兼人先生，請你們快點回來。我無論如何都想告訴你們這件事。」

我跟兼人再次默默地面面相覷。

我一直隱約地在想大概就是這麼回事吧，從我在夢裡聽見布蕾絲的聲音時起。

「我們的身體……正在衰弱嗎？」

「對，沒有主人在的身體果然還是不太好的樣子。該說就像是沒有駕駛員的ＥＶＡ，還是沒有暑假的八月嗎？」

「第二個譬喻根本扯不上關係吧？」

「哎，但我目前休學中，暑假本來就跟我無關啦。」

「是啊……這麼說來，那邊已經八月了嗎？」

「對呀。自從用電擊棒把大家送到那邊後，已經過了四個月以上。我快要寫完《電擊棒記得加熱再用》的第二集了。」

「那個書名奇怪的小說是什麼啊……」

「這是個描述把敵人的電擊棒事先加熱，引發故障而獲勝的故事。」

「在書名就揭露這種手法沒問題嗎？」

雖然對諸位非常過意不去，但把阿宅之間的對話打成逐字稿，就會像這樣毫無邏輯可言。希望大家可以稍微忍耐一下。

除了我以外，可說是唯一一個正常人的布蕾絲，看著這樣的我們，感到滑稽似的笑了。

「各位感情很好呢。」

「哎，畢竟是阿宅夥伴嘛。」

我們的共通點不只是都曾經轉移到梅斯特利亞的眼鏡阿宅，對於世界的基本看法也十分相似。縱使有程度上的差異。

布蕾絲將茶杯放回碟子，接著將雙手擺在膝蓋上，彎下腰俯視兼人與我。

她的病人服底下似乎什麼都沒穿，那光景實在太刺激了。

布蕾絲就這樣毫不在乎自己的胸前，開口說道：

「小豬先生們所在的世界與這邊的世界現在變得非常靠近。我想應該是那邊發生了什麼異常的事情，將世界與世界隔開的境界變得非常柔軟。想必正是因為如此，我才能來到這邊。」

對於「發生了什麼異常的事情」這個部分，我有非常明確的頭緒。

「講得這麼抽象實在很抱歉，但我可以感受到有一種反應。我現在能像這樣與小豬先生們交談，也是因為只要摸索內心深處，就能看見兩位的身影。世界與世界正逐漸靠近。倘若是現在，兩位一定也能移動。」

兩顆柔軟的球體在布蕾絲的胸前搖晃。她稍微擺動手臂，那兩顆球體便互相碰觸並改變形狀。也就是說，目前的情況正如同此時此刻。

……不，有點不同嗎？

看到視線完全被吸引過去的我們，冰毒一邊無奈地露出苦笑，同時開口說道：

「所以說，現在正是個好機會。實際上，薩農先生也成功回到這邊來了。若是現在，蘿莉波先生和兼人先生一定也能順利進行移動。況且我可以斷言，已經沒有時間猶豫了。要是你們在這邊的身體死掉，就根本別想回來了吧。」

冰毒說得沒錯。如果留在日本的身體死亡，我們就會被遺留在梅斯特利亞吧。但是我……

「抱歉，我不能回去。」

是對我這番話大感意外嗎？冰毒誇張地瞠大了眼。

兼人在我身旁補充說道：

「我也一樣。雖然很感謝妳們的忠告，但我還不能回去——直到完成最後一項工作（使命）為止。」

在一陣沉默當中，響起了從鼻子發出的呼齁聲——黑豬在沙發上蠕動著身體。我們的視線暫且集中到那邊，但黑豬沒有更進一步的動作。

「為什麼？最後一項工作是什麼呀？是比性命更重要的事情嗎？」

冰毒感到困惑。這是理所當然的，畢竟她對我們這邊的狀況可說是一無所知。

要解釋的話，說來話長。實在過於漫長。

況且那一定是只有待在這邊的我們才能理解的事情。

「總之，請妳再稍等一下。我們必須先處理一些事情。」

冰毒的雙眸在眼鏡底下感到為難似的移動著。

「呃，要我等多久都不是問題啦，但是……你們兩人的身體很不妙喔，我是說真的。很快就要經過五個月嘍？再這樣悠悠哉哉的話，別說是維持生命了，就連夏季動畫都要播完嘍。」

那倒是讓人挺傷腦筋的啊……

「小豬先生，我也誠懇地拜託您。」

布蕾絲低下頭。在她的長髮輕飄飄地散開的同時，胸前也跟著大方地袒露而出。

「請活著回來。我希望小豬先生你們可以帶我認識這邊的世界。」

「這……我當然也很想那麼做。但……」

我移開視線，一旁的兼人也努力地避免去看布蕾絲的胸部附近。

兼人開口說道：

「我們一定會回去日本。我想應該也不會花上太多時間。」

「不會花太多時間？」

我不禁這麼詢問兼人，因為我覺得那是不可能的。

「咦，邀請移居（吉諾基司）不是蘿莉波先生提供的點子嗎？我一直覺得氣氛越來越和諧融洽了耶。」

突然冒出不曾聽過的梅斯特利亞詞彙，令我感到困惑。

「那是什麼啊？」

「王朝不是會無條件接納前耶穌瑪們進入王都（懸崖內側）嗎？」

「是這樣嗎……？」

布蕾絲看似感到不可思議地望著同樣是異世界的動物，卻沒有達成共識的我們。

「無條件接納嗎……？接納所有耶穌瑪？」

聽到布蕾絲這麼問，山豬用力點了點頭。

「是的。聽說也會好好地支付雇主一筆斷交費。當然，很多人都開始回應這個提議喔。這是個好兆頭。我還以為是蘿莉波先生你們說服了國王（修拉維斯先生）。」

「不……我沒有做那種事。追根究柢，我甚至還沒辦法跟他說上話喔。」

山豬驚訝地張大了嘴。

「Merlin's beard（梅林的鬍子）……」

「注意世界觀啦。」

「梅林的鬍子（Merlin's beard）……」

「不是倒過來說就沒事耶……但這下感覺很不妙啊。看來一直待在王都，反倒讓我無法掌握清楚情況的樣子。我完全不曉得外面發生了什麼事，簡直就像井底之豬呢。」

自從那次事件之後，我就一直在王都裡面生活，根本沒能看見外面的世界。

宛如一隻掉落到井底的豬。

「應該是青蛙吧？」

冰毒這麼吐槽。或許是那樣吧。

山豬看似不安地讓小小的獠牙嘎吱作響，以圓滾滾的雙眼看向我。

「……剩餘的時間說不定比想像中還要吃緊呢。」

「但也只能盡力而為了，沒錯吧？」

是我們把那個世界搞得一團亂，必須由我們親手——親自用前腳讓它恢復原狀。至少得讓嚴重失和的王朝與解放軍和解才行。

我們暫時陷入了沉默。

「……我以為能用這對豬腳改變扭曲的世界……我太相信自己的能力了。」

突然有個虛弱的聲音插了進來。

只見黑豬稍微抬起了頭。

他維持蜷縮著身體的姿勢，將頭略微往上抬起，用水汪汪的濕潤黑眼睛看著這邊。

「薩農先生……？」

「我真是做了很過分的事情……對不起各位，也對不起他……對不起席特先生。」

他的聲音顫抖得非常厲害，因此在大吃一驚前，我不禁先感到擔心。

「你還好嗎，薩農先生？你別勉強自己開口說話比較好吧……」

「雖然……我沒那個立場指揮你們行動……」

儘管薩農的聲音一聽就知道他身體狀況十分虛弱，卻能感受到蘊含在聲音裡的強烈意志。

「如果你們兩人有那個意願……請你們一定要完成使命。」

冰毒慌張地打斷薩農。

「請等一下。他們兩人也跟薩農先生一樣——」

「他們兩人還很年輕，況且十分健康……也不曾被黑心企業操到搞壞身體，甚至還差點沒命……既然我之前都沒問題了，他們兩人……理應還有一段時間。改天我們再一起透過串流平台觀賞夏季動畫吧。」

那沙啞的聲音簡直就像老人在交代遺言一般。

「拜託你們了……蘿莉波先生、兼人小弟，希望你們兩人可以同心協力……完成我搞砸的事情。」

我跟兼人面向黑豬——很自然地點頭答應了。

黑豬奄奄一息地說道：

「一定……一定有道路可以前進……拜託你們了…………好眠。」

話語在這邊中斷了。黑豬閉上雙眼。可以聽見他的呼吸聲。他似乎睡著了。

…………

「有人睡覺前還先預告自己『好眠』的嗎！」

我忍不住變回吐槽系主角。

我在柔軟的被窩中醒來。

那是宛如惡夢般的夢境——應該說就是惡夢。

一如患上流行性感冒時會作的夢，像是被迫閱讀大約十四頁的阿宅對談逐字稿那樣的痛苦，讓我這隻豬的身體從一大早就感到精疲力盡。

「……呼喵？」

潔絲一邊發出奇怪的聲音，一邊在我身旁唸唸有詞般地動著嘴巴。

似乎是我的震動吵醒她了。從窗簾流瀉進來的光芒已經十分明亮。

「已經早上了嗎……豬先生，早……………」

她緩緩低喃的話語在瞬間中斷。

「…………好眠。」

我不會吐槽的喔。

我們昨晚也在圖書館翻找資料到半夜。潔絲每天都不停看書，看到眼睛都很危險地充血了仍不休息。我也陪她一起奮戰，因此我們最近都經常熬夜到很晚。帶著一隻豬行動的潔絲本來儼然是品行端正的代名詞，現在卻完全變成夜貓子，早上爬不太起來了。

睡迷糊的潔絲非常可愛，所以我當然沒有任何怨言。

今天又會因為太晚起床而睡不著，看書看到半夜了吧。

畢竟我們還沒有找到解除世界的扭曲——也就是超越臨界（Spellicca）的鑰匙。

「我才不可愛。」

「那是我的內心獨白。」

我們一邊說著已經重複過好幾千次的對話，同時離開被窩。順帶一提，為了避免誤會，我話先說在前頭，這絕對不是什麼事後的隔天早晨，而是我穩穩地鞏固了夜深時甚至會被潔絲一腳踢開的豬型抱枕地位。

「咦咦咦，我又不小心把豬先生踢開了嗎……對不起……」

別看潔絲這樣，她的睡相其實挺差的。

「一點都不痛，不要緊。反倒該說是一種獎勵嗎？」

「您真是一隻M豬先生（註：此處的M為「Masochism（被虐狂）」的縮寫）呢。」

諸位，千萬不能隨便灌輸純真少女奇怪的詞彙。

潔絲一拉開窗簾，明亮的黃色天空便在眼前擴展開來。我也已經非常習慣這反覆無常的色彩調整了，反倒還可以利用天空顏色來製作每日限圖。

「那麼，請您針對今天的天色發表一下感想。我會回答『就是說呀』，接著請您進行天氣預報。好的，豬先生，您反應好快。」

「天氣真好呢，這天色就像檸檬一樣清爽。」

「就是說呀！」

……

「中午過後會開始下雨，吃唐揚雞不淋檸檬汁的人請記得帶傘。」

潔絲的反應不是很理想。她露出微妙的表情，微微歪頭。

「請問**唐揚雞**是指什麼呢？」

原來她從這邊就聽不懂了嗎？

「所謂的唐揚雞是我以前待的國家很受歡迎的食物。哎，簡單來說，就是把調味過的雞肉裹上一層薄薄的麵衣，再加以油炸的料理。去餐廳吃飯時，送上來的唐揚雞大多會附帶檸檬。用手擠壓檸檬、把檸檬汁淋在唐揚雞上的話，可以緩解油膩感，吃起來更美味，但當然也有人不喜歡這種吃法呢。所以好幾個人一起吃唐揚雞之際，先向其他人確認『可以淋檸檬汁嗎？』是一種禮貌。不過，常常有人沒先問過一聲就直接在唐揚雞上淋檸檬汁，如此一來，吃唐揚雞不淋檸檬汁的人便會感到很不愉快。哎，總之我就是以這樣的文化背景為原哏，才會做出剛才的天氣預報。」

有比被迫這麼詳細說明自己玩哏的內容更羞恥的拷問嗎？

「呃……對不起，我聽得不是很懂……」

「是我不好，請妳不要道歉，會讓我更加悲傷。」

「不是的。抱歉，都怪我理解能力不足。豬先生所說的內容其實非常有**趣**吧，是無法理解為什麼有**趣**的我不好。」

我可以哭嗎？

「不，我想應該沒那麼有**趣**。妳不用放在心上。」

「……啊，啊哈哈哈哈，總覺得我好像可以明白為什麼有趣了！很有意思！」

她因為顧慮到我的心情，捧場地笑給我看的那份溫柔，反倒讓我苦不堪言……！

由我微妙的玩哏內容展開的尷尬對話，「改天我們再一起吃那個**唐揚雞**吧」——以潔絲這句宛如天使般的發言劃下了句點。

「話說回來，潔絲，關於作夢那件事，有新的進展了。」

潔絲在床鋪的另一頭換起衣服。另一方面，我則是趴在地板上，避免目睹她換衣服的過程。

可以聽到衣服摩擦的聲響突然停住了。

「……您是說會聽見布蕾絲小姐聲音的那個夢嗎？」

「沒錯。有好消息跟壞消息要告訴妳……妳想先聽哪邊？」

潔絲煩惱了一陣子後，開口說道：

「那麼，請先說好消息吧。」

「其實啊，昨天晚上那個夢特別清晰——」

潔絲雖然能夠聽見別人內心的聲音，卻似乎無法看到別人夢境的內容。我向潔絲說明我在夢裡跟包括薩農在內的豬夥伴們交談，還有實現這場談話的人是布蕾絲，以及布蕾絲似乎轉移到日本的事情。

如果扣掉阿宅對談來看，這件事其實挺單純的。

布蕾絲在死前許願，希望能到我曾經待過的世界，因為她實現了那個夙願，才得以將這邊的世界與那邊的世界連接起來。

「……那麼，布蕾絲小姐目前是在豬先生的世界——」

「好像是這樣，假如那個夢是真實的話。」

換衣服的聲響從剛才開始就一直暫停著。雖然很想與潔絲面對面交談，但那麼做感覺會看見其他不該看的東西，因此我維持趴著的姿勢，繼續這段對話。

「這……是讓人很開心的消息呢！她看來過得好嗎？」

「嗯，她看來很有精神喔。」

況且胸部還是一樣很大。

「這樣子嗎？」

潔絲的聲音稍微變得低沉了，果然是因為回想起布蕾絲死前的模樣嗎？

「不，是因為豬先生在思考關於胸部大小的事……」

「抱歉。」

「……但我現在也的確會經常想起那時候的事情。如果沒有布蕾絲小姐，想必我一定無法平安跨越針之森吧。」

布蕾絲代替潔絲喪命了。而且要是沒有她的死亡——要是耶穌瑪狩獵者們沒有誤以為布蕾絲是潔絲——潔絲說不定會在那場戰鬥中被他們更加糾纏不休地追殺。

「布蕾絲的祈禱在深世界也幫了我們一把。實在有說不完的感謝呢。」

「嗯。況且我們會知道最初的項圈真正的所在處，也是多虧有布蕾絲小姐留下的傳聞。」

如果沒有那個提示，解放耶穌瑪的道路說不定就被封閉起來了。

儘管一同旅行的時間很短暫，也沒交談過多少句話，但布蕾絲對我們而言絕非什麼渺小的存在。不，該說她非常重大。

她就宛如在太陽底下盛開的大朵向日葵一般。

「您這是在說什麼呢？」

「……我是在說她的存在感。」

「是這樣嗎？」

潔絲的聲音好可怕，但我絕對沒有在思考什麼關於乳房的事情。

「……對了！假如妳有什麼話想說，等又作同樣的夢時，我會幫妳轉告布蕾絲喔。」

我像要蒙混過去似的這麼說道。潔絲的聲音頓時變得明亮起來。

「真的嗎？」

她的表情卻忽然陰暗下來。

「……但我該向布蕾絲小姐說些什麼才好呢？」

「說些什麼……說什麼都沒關係吧？」

「布蕾絲小姐為了我而主動犧牲了自己的生命。對於這樣的恩人，我究竟該說些什麼才好呢……我不曉得該說什麼話比較妥當。」

的確，要選出適合說的話很困難。畢竟我跟本人面對面之際，也不曉得該說什麼才好。那絕對不只是因為她胸部太大。

「說得也是呢。畢竟也不能說什麼謝謝妳為了我們死掉……話雖如此，但跟她說其實我們不希望她為了我們去死，好像也不太對啊……」

「嗯。」

布蕾絲的死絕非我們期望的事情。

不過，這是布蕾絲期望的事情。

她本人是在接受這一切的前提下，為了保護我們而死亡的。另一方面，我們則是在完全無法接受的狀態下，目睹了她的死亡。

布蕾絲的故事當時已經確定會變成我們怎樣都無法改變的結局。

能夠對故事已經確定結局的人所說的話，實在是少得可憐。

「……哎，應該可以報告一下近況之類的吧？例如目前過著怎樣的生活。」

「說得也是呢。請豬先生幫我轉告布蕾絲小姐，託她的福，我們兩人過得很幸福。」

「我知道了。」

雖然這樣很像在亂放閃，但總比聊關於布蕾絲死亡的話題要好很多吧。

「如果又作了那樣的夢，我會告訴妳後續消息的。」

「我很期待。」

依舊沒有傳來換衣服的聲響。潔絲似乎對我的夢很感興趣。

「……那麼，所謂的壞消息是？」

我準備開口，卻稍微思考起來。

「咦，是什麼來著啊？」

「唔。」

傳來了照理說還在換衣服的潔絲走向這邊的聲響，因此我連忙說道：

「兼人在夢裡說了些奇怪的話，好像是邀請移居（吉諾基司）什麼的。」

「邀請移居？」

潔絲的腳步聲停住了。

「妳聽說過嗎？」

「不……我只知道是邀請某人，讓對方移居的意思，不知道還有什麼其他含意。」

「這樣啊？其實王朝似乎要把耶穌瑪召回王都內的樣子。」

我簡單地說明從兼人那邊聽說的事情。

「……但我們完全沒有察覺到這件事吧？這不是什麼好徵兆，表示世界正拋下我們，開始運轉起來。我們必須好好地獲取情報才行。」

「自從無法跟修拉維斯先生交談後，我們的確變得對王都外面的事情一無所知呢……」

「對吧？所以今天要不要也稍微調查一下那方面？首先，我想試著用作夢以外的方法與兼人取得聯絡。假如兼人也有跟我作了同一個夢的記憶，就能證實布蕾絲的夢是真的。如果那個夢是真的，無論是怎樣的狀況，都能透過夢境與兼人共享情報。」

「我明白了！就這麼辦吧！」

我點頭並轉頭望向潔絲，只見她的打扮還卡在非禮勿視的狀態。

我們用完較晚的早餐——或者該說較早的午餐後，前往飼養鳥類的小屋。那是以前為了把沾有潔絲香味的信送到諾特手上時曾利用過的場所。

與其說是小屋，那更像是動物園的鳥園，用鐵絲網隔開的區域裡飼養著各式各樣的鳥類。我們前往的是猛禽區，因為建造的地點在王都裡算是標高較高且通風良好之處，冷風不斷咻咻吹過。鳥兒們在棲木上靜止不動，倒豎著羽毛，彷彿糰子般蜷縮身體，忍耐著晚冬的寒冷。

「這次也是拜託貓頭鷹先生就好嗎？」

潔絲走向在圓木上面靜止不動的雪鴞。雪鴞以充滿期待的圓滾滾雙眼注視著潔絲。

「不不，不行啊，那傢伙太囂張了。牠有輕咬潔絲耳朵的前科。」

「有什麼關係呢？牠這麼惹人憐愛。」

潔絲用纖細的食指撫摸著雪鴞的腹部，雪鴞露出看來很開心的表情，鳥喙發出嘎吱嘎吱的聲響。

「……貓頭鷹原本是夜行性動物吧？不該讓牠在白天工作。」

「豬先生……」

潔絲的雙眼感到不可思議似的看向這邊。

「您該不會是在嫉妒？」

「怎麼可能，誰會去嫉妒一隻鳥啊？」

潔絲看似愉快地呵呵笑了笑，停止撫摸雪鴞。

「順帶一提，這位白色的貓頭鷹先生好像是例外，是晝行性動物喲。」

「是這樣嗎？」

「對，我在王朝的圖艦上看過，據說牠來自夏天沒有夜晚的地方。」

對耶，雪鴞這種鳥原本是生活在會出現永晝的北極圈，白色羽毛是雪原用的迷彩服。是為了適應沒有夜晚的時期，才演變成在白天也會活動的生物吧——當然，這是指我以前那個世界的情況啦。

「這表示牠來自梅斯特利亞的外面嗎？」

「應該是那樣吧？雖然現在越過海洋到遠方旅行的人們永遠回不來了，但直到太古時代為止，據說梅斯特利亞應該也曾跟海外的世界有交流。」

「哦哦——」

我第一次聽說。儘管對來龍去脈很感興趣，但感覺話題會扯遠，因此這次就先算了吧。

逞強如我，決定再次委託雪鴞工作。

我……我才不會因為牠輕咬了潔絲的耳朵，就心生嫉妒什麼的喔！

這是為了表示我有容乃大。

我請潔絲寫了封給奴莉絲的信，把信綁在雪鴞的腳上，隨即從視野遼闊的屋頂放出雪鴞。那傢伙從小屋移動到屋頂的這段期間，一直停在潔絲的肩膀上，用身體磨蹭著她的臉頰。

等順利收到回信之後，就來舉辦一場烤鳥肉派對吧。

「……可是，假如修拉維斯先生真的在推行那個邀請移居，那麼他究竟是抱持著怎樣的想法呢？」

從飼養小屋移動到圖書館的途中，潔絲這麼詢問我。

我們沿著削切白色岩石建造的階梯往下走，左右兩邊是陡峭的岩石表面。而周圍杳無人煙，只看到零星幾個擺放著木桶和木箱的橫洞。這是在講祕密。潔絲也是顧慮到這些話不能讓人聽見吧。

「他抱持著怎樣的想法是指？」

「假設他無條件地將拿掉項圈的耶穌瑪們都請進王都……那是非常棒的事情，因為只要進入了王都，耶穌瑪們的危險便會大幅減少。這表示修拉維斯先生願意讓步，與解放軍成員們和平共處。」

「況且這麼做也符合王朝不想放任魔法使隨意行動的意圖嘛。」

距離耶穌瑪擺脫項圈的束縛才剛過兩星期，我們現在也無法使用王朝的龍這項方便的交通工具，所以回到王都之後，一次也沒有外出過。

在回到王都的路上經過的城鎮，還沒能看到什麼明顯的變化——追根究柢，或許是因為超越臨界這個異常事態實在過於引人注目吧。

根據潔絲所言，即使拿掉項圈，首先似乎也不可能才一星期或幾天就變得能夠使用魔法。變化不會戲劇性地發生，而是會緩緩地被眾人接納吧。我們原本是這麼樂觀看待的。

因此潔絲與我竭盡全力在更加根本的問題上面——就是**與修拉維斯對話**這件事。

「修拉維斯先生在做好事這點讓人很開心。但如果是這樣——」

潔絲停下腳步，因為道路的另一頭被紅磚牆堵住了。

「——如果是這樣，為什麼修拉維斯先生不願意與我們見面呢？」

只見四處都蓋著磚牆，彷彿要圍住王宮一般。大約一星期前，在我們回到王都的時候，就已經變成這樣了。

我們能夠進入王宮裡面有潔絲房間的那一邊，通往修拉維斯生活區的走廊卻被同樣的磚牆堵住，不留絲毫縫隙。

既沒有絲毫縫隙，也毫無漏洞。就算試著從上方入侵，也一定會在某處撞上牆壁。修拉維斯熟知王都的構造，雖然我們嘗試了各種隱藏通道，但都以失敗告終。即使試著用潔絲的魔法破壞牆壁也行不通，這是因為——

「炎術・爆破（Flamma Plode）。」

潔絲詠唱咒文並伸出右手，巨大的液體燃料塊頓時氣勢猛烈地被射向前方。

燃料撞上磚牆，炸裂四散，並在炸裂的瞬間著火，於道路另一端發生驚天動地的爆炸。轟鳴與爆風幾乎是同時降臨，但潔絲的魔法擋住了所有爆風。鼓膜被震得嗡嗡作響。

在我感到驚嚇的期間，潔絲毫不猶豫地走向原爆點。她的動作非常熟練。雖然不是每日一爆——但她每天都會像這樣嘗試破壞牆壁。

因為爆炸而崩塌的磚瓦在昂首闊步的潔絲周圍輕飄飄地往上浮起。當潔絲高舉雙手，所有磚瓦便以砲彈般的氣勢被射出，毫不留情地追擊牆壁。劃破空氣的聲響宛如戰鬥機。

如果是一般城牆，遭到這樣的攻擊，應該會被粉碎得慘不忍睹吧。

然而儘管被挖掉一大塊，卻連個針孔大的洞都沒轟出來的磚牆，依舊在前方擋住去路。這面牆不僅厚得誇張，還被人用魔法加以補強。

況且破碎的碎片還彷彿倒帶播放般回到凹陷處，開始自我修復。

「看來這裡也不行呢……再試試其他方法吧。」

潔絲回到我身邊，跟我一起折返來時的道路。

一如字面所示，我們跟國王修拉維斯之間有一道厚重的牆壁。

我一邊尋找其他道路，一邊思考起來。

「說不定那傢伙只是突然變得膽小。」

「突然變膽小嗎……？」

「雖說最終來講，要怪企圖達成政變的薩農不好，但會演變成這種狀況，果然還是因為修拉維斯的獨斷。他一定認為害死親信和母親都是自己要負責的。與其說變膽小，不如說即使他因為感到自責而覺得沒臉見我們，也沒什麼好不可思議的。」

理應是完美策略的「十字處刑人」事件被自己人揭穿而失敗，招來了最糟糕的結局。況且揭露內幕的就是我們。

「可是，如果處於那麼複雜的立場，我想無論是誰，遲早都會以某種形式失敗的。在陷入混亂的世界中突然當上國王，沒有任何幫手，又被王朝與解放軍完全相反的兩方主張夾擊……我實在不認為只有修拉維斯先生有錯。」

潔絲非常認真，拚命地想袒護修拉維斯。

的確，如果有這樣的妹妹，肯定會覺得很可靠吧。

「當然，我也是這麼想的。儘管太過衝動，但修拉維斯的計畫在某方面來說是非常合理的。倘若要問除了那麼做，有沒有其他打破僵局的好辦法，老實說我也想不到。不過那傢伙是個一本正經的人，無法把現況都怪罪在別人身上吧。他會獨自把所有事情都扛下來。」

潔絲同樣是個認真的人，所以能明白那種心情才對。她按住胸口，低下頭。

「……我應該替修拉維斯先生多做些什麼的。」

「是啊，我們應該要更早去貼近他的心。」

我們沿著岔路轉彎，進入細長的隧道。小型提燈照亮著前方。

「我們沒能及時察覺，因此就算為時已晚，接下來也要盡力亡羊補牢。」

「是的。」

潔絲堅定地點了點頭。

既然無法突破物理上的牆壁，便只能突破心理上的牆壁了。

穿過隧道後，我們來到離圖書館很近的廣場。在被放置而恣意生長的樹木另一頭，可以看見威嚴莊重的圖書館建築。

我們一直在摸索見到修拉維斯的方法，除此之外的時間則大多在圖書館調查如何解除超越臨界——如何把這個不小心與願望的世界融合起來的世界恢復原狀。

關於發生超越臨界的理由，已經查明了。

原本在這個梅斯特利亞總共有一百二十八個契約之楔，但我們全部用掉了。

就是因為我們用掉了所有契約之楔。

契約之楔是給予人魔力的結晶。每當楔子被打進人類的身體，推動這個世界的魔法之力就會不斷增強。換句話說，便是深世界這個願望的世界與這邊的現實世界，會彷彿將釘子一根根打入般，藉由楔子逐漸結合。

我們並不曉得它是這樣的構造。

在不知情的狀態下，我們為了擊斃最凶殘的國王，用掉最後一個楔子。

我們打入了最後一個楔子。

結果面臨了結合的極限，深世界與現實世界融合了。

這就是超越臨界。

思考該怎麼做才能把這種現象恢復原狀，完全就是摸瞎尋找。

雖然感覺近乎束手無策，但在暗黑時代以前的書籍中，關於契約之楔的書本多不勝數，所以我們目前正漫無目標地埋頭翻閱這些書本。

圖書館裡面一如往常地微暗且靜謐，沒有其他人的氣息——正當這麼想時，我的豬鼻感受到些微的突兀感。

總覺得有股我確實聞過的氣味輕輕地飄散過來，然而我從未在圖書館裡聞過這個氣味。

我急忙聞了聞潔絲的腳。

「……雖然有點相似，但不一樣啊。這不是潔絲的氣味。」

「請您不要突然聞我的腳。」

「不好意思，不過這是緊急情況，我必須這麼做。」

我再一次聞了聞潔絲的膕窩，那芬芳的香味讓我的心靈平靜了下來。冷靜思考吧。

潔絲以外的某人的氣味，讓我覺得很熟悉。儘管跟潔絲有些相似，卻沒有她這麼芬芳，一定是男人的氣味。既然如此——

（修拉維斯說不定就在附近。）

我用內心的聲音這麼說。聞言，潔絲驚訝地瞠大眼，轉頭看向我。

——您是說真的嗎？

（對。我聞到修拉維斯的氣味，是最近才有的氣味。）

——既然您已經知道這點，那您仍然一直聞我的腳的理由是……？

（抱歉，因為感覺妳的氣味可以讓我冷靜下來……）

我將鼻頭從潔絲腳上移開，抬起頭向她打暗號。我走在前面帶路，沿著疑似修拉維斯的氣味前進。潔絲就彷彿警犬訓練師一般跟在我後面。

氣味毫不猶豫地延伸到圖書館的最深處——也就是我跟潔絲會來報到的王家專用區。不知他是有事要找我們，還是來翻閱這些藏書的呢？假如是來翻閱藏書，說不定他還正在找書。

如果修拉維斯願意來到牆外，這可是求之不得的大好機會。

潔絲用生物辨識打開鐵柵欄。她背著手關上柵欄後，柵欄發出喀嚓一聲上了鎖。

這空間十分狹窄。假如修拉維斯還待在這裡，可說是甕中之鱉。

這裡的確散發出氣味。這個地方並不會那麼頻繁地通風換氣，所以在空氣中也稍微殘留著痕跡。

不過——已經不見修拉維斯的人影。

「我們來晚了嗎？他已經離開了啊。要試著追上去嗎？」

「那當然。」

我們立刻折返回頭，離開圖書館。我聞了聞石板路。

「還殘留著那傢伙的氣味。說不定能追上。」

「我們走吧！機不可失！」

我們加緊腳步追蹤修拉維斯的氣味。我們彎過轉角，穿過大街——順利追蹤了相當長一段距離。他說不定還在附近。

正當我這麼心想時，氣味突然中斷了。

筆直的小巷子。這裡只有一條直路，沒有岔路也沒有通往建築物內部的入口。

潔絲看向上方，嘆了口氣。可以從建築物的縫隙間看見黃色的天空。

「他是從這裡飛走了嗎……」

「或者是他為了避免留下氣味，用魔法進行移動，沒有讓腳踩到地面。」

「十字處刑人」事件那時，修拉維斯也是用那種方式來掩蓋自己是相關人物的事實。

「修拉維斯先生不惜做到這種地步……也想避開我們嗎？」

「……哎，這也是無可奈何的。」

我在周遭到處聞了一陣子，但沒有找到疑似修拉維斯的痕跡。

修拉維斯不是笨蛋。假如他不希望我們去找他，無法期待他會不小心留下什麼線索吧。

我們掉頭返回圖書館。如果修拉維斯曾經造訪那個王族專用區這件事沒搞錯，說不定那裡還殘留著什麼線索。

而我們在堆積了許多調查用書本的桌子正中央，發現了一個信封。

宛如潔絲的內褲一般雪白的紙張——那無庸置疑地是王家的東西。

潔絲一邊用懷疑的眼神看我，一邊小心地扶著裙子蹲下，將信封拿到我的眼前。雖然信封上什麼都沒寫，但沾在信上的氣味跟曾經造訪這裡的人的氣味一致。

「是修拉維斯留下的信。」

「裡面好像裝著什麼金屬類的東西呢！」

「立刻拆開來看看吧。」

潔絲彷彿變魔術一般，從空無一物的地方創造出拆信刀形狀的金屬，細心地拆開信封。

從信封裡掉出來的是一張白色的紙，與用細長銀製鎖鍊製成的手鍊。

紙上以流麗的黑墨水字寫著簡潔的文章。

我找到解除超越臨界的方法了。

原因在於把這邊與深世界緊緊相繫的契約之楔。

因此只要身體裡有契約之楔者消失即可。

我已經發出通告，要解放軍立即把瑟蕾絲交出來。

假如你們知道她的下落，就用這條手鍊聯絡我吧。

我需要花費一段時間來理解上面寫的內容。

身體裡有契約之楔者——到送行島遠征之際，為了解除瑟蕾絲從諾特身上接收下來的詛咒，我們把契約之楔刺進了瑟蕾絲體內。至於其他體內刺有楔子的人——挺身擋住裝著楔子的破滅之矛的荷堤斯早已經死亡，被我們用藏在救濟之盃裡的楔子解除不死魔法的那個術師也已經被修拉維斯殺害。

除了這三個之外的楔子，都在王朝之祖拜提絲的時代前被使用掉了。而拜提絲時代的倖存者，照理說已經絕滅了才對。

「……或許瑟蕾絲小姐的確可以說是身體裡有契約之楔的最後一人。」

潔絲低喃似的說道。我也一邊猶豫著該用什麼說法，一邊喃喃自語：

「可是，這樣的話，假如這上面寫的事情是真的……」

我沒有直接說出來。然而潔絲與我之間共有了一個令人絕望的假說。

倘若解除超越臨界的條件是體內有楔子者不存在。

那意味著**瑟蕾絲將會不存在**。

為了讓世界恢復原狀，瑟蕾絲必須消失才行。

修拉維斯會要求解放軍交出瑟蕾絲，也是為了這個目的吧。

還有他之所以會留下這封信給我們——

「修拉維斯應該是認為我們很有可能跟瑟蕾絲聯絡吧，所以才會拒絕與我們見面，卻又留下這封信，因為他無論如何都想抓住瑟蕾絲。」

「怎麼會……」

從未想過看不見修拉維斯的表情，居然會讓人感到這麼不安。

那傢伙究竟打算做什麼？

他抓住瑟蕾絲後，想怎麼處置她？

難道說……雖然不願意那麼想，但他該不會……

「我們找修拉維斯先生出來談談吧。」

潔絲拿起手鍊。

就彷彿手錶的面盤一般，鎖鍊狀的手鍊上附帶硬幣狀的銀板。銀板中央鑲著小顆的綠色寶石。

「這是……王都常見的魔法道具呢。只要按下綠色立斯塔，就能把聲音傳遞到成對的手鍊那邊。」

潔絲一邊說一邊把手鍊戴到左手腕上。儘管扣頭不是多複雜的構造，然而不知是否因為感到焦急的關係，戴上手鍊這個動作失敗了好幾次。

將手鍊戴上後，只見手鍊尺寸對潔絲來說正好合手——不，這麼說有點語病。與其說合手，不如說真的就跟字面一樣，那個尺寸非常貼合地緊繞在她的肌膚上，但勉強不至於阻礙血液循環。

潔絲用手指按下立斯塔，手鍊便隱約閃爍起綠色光輝。她立刻開口呼喚：

「修拉維斯先生！您聽得見嗎？修拉維斯先生！」

我們暫時等了一陣子，但沒有回應。

潔絲鬆開手指，手鍊的光輝頓時消失了。

之後我們也嘗試用各種方式呼喚修拉維斯，卻都徒勞無功。

雖然我們也試著撒謊說找到了瑟蕾絲，不過在那之前已經好幾次都只是在呼喚修拉維斯，哎，這個謊言可能太明顯了吧。

我們決定等過一陣子再嘗試，結果還是先放棄找修拉維斯出來談話了。

潔絲決定繼續戴著手鍊，只拆下立斯塔。她將信折疊起來，夾在裙子裡。

只有一次也好，如果他願意聽我們說——

這樣的念頭沉重地不斷在內心縈繞。

我無聊的天氣預報居然說中了，中午過後開始下雨。

我們一邊聆聽雨聲，同時在圖書館繼續調查情報。然而，一方面也因為非常擔心瑟蕾絲的安危，原本就不甚理想的進度，今天可說幾乎是毫無進展。

修拉維斯似乎打算抓住瑟蕾絲。

況且據說他已經通告解放軍這件事情。

假如真是這樣——諾特肯定會震怒吧。

不幸的是我們能做的事情實在太少了，所以只能不斷尋求瑟蕾絲可以不用消失的方法，即使根本不知道那種方法是否存在。

就在此時，高階圖書館員的首長比比絲出現了。

留著銀色筆直長髮的老嫗。只會賜予國王親信的金戒指在她右手中指閃耀發亮。倘若是平時，她會意味深遠地露出微笑，今天卻一副心事重重的表情。

「你們收到信了呢。」

我跟潔絲不知道該怎麼回答才好，維持著從書本裡抬起頭的姿勢僵在原地。

「……信件的內容一定是關於那個叫瑟蕾絲的女孩吧。」

「您怎麼會知道這些？」

潔絲謹慎地詢問。比比絲擁有進入這個區域的特權，或許她偷聽到我們說的話，也有可能她是聽到了我們內心的聲音——潔絲是考慮到這些可能性吧。

比比絲看似一臉悲傷地露出微笑。

「畢竟為了陛下調查而那些情報的人是我嘛。」

「咦……」

潔絲有一瞬間說不出話來，接著立刻積極地開口詢問：

「比比絲女士會跟修拉維斯先生見面嗎？」

「當然了。畢竟我現在是最接近陛下的三名親信之一嘛。」

比比絲拉了張椅子過來，靜靜地坐下。她似乎打算說些什麼。

「那個！能否請您幫忙勸說修拉維斯先生與我們見面呢？」

對於潔絲拚命提出的請求，比比絲一臉遺憾地搖頭婉拒。

「不好意思，但我辦不到。縱然是為了陛下著想，我也無法反抗陛下。」

她瘦骨嶙峋的手指默默地觸摸金戒指。

「你們可知道跟席特很親近的那些人，後來有什麼下場嗎……」

我非常害怕聽到答案，不敢問他們有什麼下場。

被薩農慫恿而企圖殺害修拉維斯的司令官首長——席特。他原本跟比比絲一樣，是最接近國王的親信之一，但他背叛之後差點被殺且失去左腳，目前也正在逃亡中。假如他本人被抓到了，肯定會被處死吧。

以前拜提絲女王的丈夫遭到殺害之際，被懷疑是凶手的人們，一家老小都無一例外地遭處以死刑。他們的肉體被變成石頭，如今也裝飾在王都各處。這就是反抗王家的下場。

「我今天是來告訴你們一件很重要的事情。」

比比絲的視線稍微看向了在潔絲手腕發亮的手鍊。

潔絲緊張地嚥下口水，點了點頭。

「……是什麼事呢？」

比比絲深深嘆了一口氣後，緩緩開口說道：

「關於契約之楔的事情，看來似乎是真的。要結束超越臨界，必須從這個世界葬送殘留在那個叫瑟蕾絲的女孩身體裡的契約之楔。而目前只有一個方法可以實現這個目標。」

雖然比比絲沒有繼續說下去，但我想獲得確切的證據，於是開口詢問：

「是什麼方法呢？」

「**就是名叫瑟蕾絲的女孩之死**。」

可以看到潔絲在一旁顫抖著肩膀。我還不能哭泣。

「沒有其他方法了嗎？」

「那女孩似乎跟你們很要好呢。然而很遺憾，目前別無他法。」

「既然您說『目前』，就表示今後有可能會找到其他方法吧。」

「就理論上來說……當然我無法斷言不可能有其他方法就是了。」

雖然沒有否定，但她的回答無比接近否定。

潔絲吸了吸鼻涕，開口說道：

「可是……說到底，為什麼您能斷言只有那個方法而已呢？我調查了很多文獻，可是根本沒看到……體內有契約之楔的人非死不可的說法……」

「嗯，可以確實讓在這個世界首次發生的事情結束的方法，這個世界的人當然不可能知道。由這個世界的人所撰寫的書籍裡，不可能找到答案。」

我不是很懂她這番話的意思。

「那麼，您的意思是答案在不是這個世界的人所寫的書籍裡嗎？」

我、薩農和兼人並不是這個世界的人，她的意思是有跟我們同樣的轉移者嗎？

「……你們也知道有個叫做路塔的男人吧。他是王朝之祖拜提絲大人的丈夫，他擁有能看見楔子所在處的異能，雖然像你一樣死而復生，卻拋下妻子與兒子，消失在西方荒野中。是個充滿謎團的人物。」

潔絲跟我都點頭同意。畢竟我們甚至曾經拿著那個男人的眼球到處尋寶。

正因如此，比比絲告知的事情讓我們震撼不已。

「路塔是**來自異世界的人物**喔。」

我跟潔絲都暫時無法做出反應。我們需要一點時間來理解聽到的內容。

「您的意思是……他來自我以前待的世界嗎？」

比比絲搖了搖頭。

「我想應該不是來自你的世界，因為他似乎原本就能夠使用魔法。」

換言之……這表示路塔不是這個世界的人、也不是跟我同個世界的人，而是來自完全不同世界的人物。

「就像你的世界與這邊不小心連接起來了一般，這邊的世界也從太古以前開始就與其他世界相連著。拜提絲大人的紀錄裡寫著路塔來自那個其他世界。王家的血統裡面其實摻雜著異世界人的血緣呢。」

潔絲驚訝地瞠大雙眼，接著有些像是要搪塞過去般地說了：

「請問……路塔先生的世界也存在著契約之楔嗎？」

「對。而那邊也曾經發生過目前梅斯特利亞正在發生的事情。據說那似乎是大約一千年前的事，所以路塔的世界早就經歷過超越臨界了。**而他們平息了那種亂象**。」

「路塔先生知道那段歷史……」

「似乎是那樣呢。拜提絲大人從路塔那邊聽說關於超越臨界的事，並記錄在手記上。因為那本手記只會傳承給歷代國王，在向陛下借用之前，我甚至也不曉得那本手記的存在。」

比比絲看似悲傷地搖了搖頭。

「目前只有那本手記上寫著明確的解決方法，只能犧牲那個名叫瑟蕾絲的女孩。我當然也在尋找其他方法，但在找到方法前，名叫瑟蕾絲的女孩一定——」

比比絲長長地嘆了一口氣——

「會遭到陛下殺害。」

「只要詢問路塔先生，或許就能知道可以讓瑟蕾絲小姐免於一死的方法。」

「就算妳這麼說……」

晚餐後，我們在王宮的庭院散步。靠魔法修剪得整齊一致的樹木井然有序地並排在庭院裡，是個讓人有些呼吸困難的空間。天空就在陰天的狀態下變暗，淅瀝嘩啦地下起冰冷的雨。潔絲變出來的飄浮魔法光芒忽隱忽現地照亮著周圍。

負責送信到王宮的鳥，被訓練成會回到這個庭院裡的鳥屋。

「路塔這個人早就不在世上了吧，要怎麼問他的意見啊？」

「……豬先生的意思是要放棄瑟蕾絲小姐嗎？」

潔絲的聲音聽起來十分困惑。我搖了搖頭。

「怎麼可能？我不是那個意思。只要有一丁點可能性，我當然會去賭賭看。但問題在於即使要去賭那個可能性，首先最需要的就是時間。」

「時間……」

「修拉維斯正感到焦急，他想早點讓這個世界恢復正常，所以明明拒絕與我們見面，卻留下一封信給我們。解放軍也一樣，在發生那種事情後，突然被要求交出瑟蕾絲，他們一定會反彈。目前情況緊迫，倘若放著不管，會變得越來越糟糕。」

「說得也是呢……我們首先該怎麼做才好呢？」

「我們應該阻止修拉維斯。如果沒辦法阻止他，首先要確保瑟蕾絲的安全。」

「也就是說先確保瑟蕾絲小姐的安全，再尋找她能夠得救的方法，對嗎？」

「只能這麼做了吧。」

我們抵達陰暗的鳥屋，潔絲點亮燈光。

只見雪鴞的身影在微弱的亮光中浮現。牠瞪大雙眼看著這邊。腳上還綁著紙張。

「豬先生……！」

「有回音了啊。」

我們有些期待。我們在信上寫了關於那個夢的事情，還有希望對方告訴我們近況。如果待在解放軍那邊的兼人的回信裡面有寫到他們的情況——這麼一來，應該能獲得打破這種緊迫狀況的線索吧？

但上面只寫了一行像是在胡鬧的文字。

梅林的鬍子。

「呃……梅林的……鬍子？這究竟是……我不懂這是什麼意思。」

「畢竟世界觀不一樣嘛。梅斯特利亞才沒有叫做梅林的魔法使。」

「…………？」

我意義不明的發言讓潔絲的眉毛困惑地下垂成八字形。

應該認真地向她說明吧。

「從這行文字可以得知這是個好消息。我作的那個夢是真實存在的，兼人也共有了相同的夢。布蕾絲大概真的轉生到我們的世界了。」

「呃……這……」

儘管疑問好像還沒消失，然而潔絲迷惘一陣子後依舊點了點頭。

「既然豬先生這麼說，應該就是那樣了吧。」

「沒錯。不過問題在於從這封信只能知道這件事而已。兼人為什麼不是用更詳細的文章回信，而只有送出這句暗號啊？」

潔絲雖然不明白意思，還是觀察著信件思考起來。

「……兼人先生因為是山豬的模樣，沒辦法提筆寫字。應該是某位解放軍成員幫他代筆的吧。說不定是那位人物不允許。」

的確，從解放軍的立場來看，這封信是寫給敵人的親友，他們肯定想避免給予超出必要的情報。

「原來如此……可以讓我聞一下氣味嗎？」

潔絲立刻把信遞到我的鼻子前。

嗅嗅。

「有奴莉絲的氣味啊……還有伊茲涅的……不過最強烈的氣味……這是男人的氣味啊，雖然有印象聞過，然而是誰的氣味來著……讓人稍微聯想到柑橘類……」

「女性的氣味您倒是立刻就知道是誰呢。」

潔絲的聲音聽起來有些冰冷。

「這是那個啦，因為我不太會去聞男人的氣味嘛。」

「原來您是一隻專門聞女性氣味的豬先生呢。」

「怎麼會呢？我不可能去聞潔絲以外的女性。我可以對拜提絲發誓喔。」

「您說得好聽，但前陣子也——」

「啊！我想起來了，是約書！沒錯，這個氣味肯定是他！」

我一邊轉移話題，一邊進行分析。

「強烈地沾在信紙中央的氣味是約書的氣味。寫下這些文字的人是約書吧。以伊茲涅的性格來看，她肯定是姑且確認了一下信件，但麻煩的作業都丟給弟弟去做……不過，真奇怪啊。明明是寄給奴莉絲的信，為什麼不是由奴莉絲來寫回信呢？」

潔絲猶豫了一會兒後，開口說道：

「或許奴莉絲小姐她……不太會寫字也說不定。」

潔絲的語調讓我回想起耶穌瑪的狀況。

因為潔絲好學不倦，我差點都要忘了耶穌瑪原本是侍女——講得露骨一點，就是說法比較好聽的奴隸。不知為何這個國家的識字率還挺高的，但在這種中世紀風的世界觀裡面，很難想像每個耶穌瑪都具備讀寫能力。

潔絲是因為以前侍奉領主，才具備讀寫能力，況且擁有歷史素養。

我不自覺地繼續聞著信件，突然察覺到一件事。

「話說回來，好像有一股燒焦味耶。」

「您是說……這封信嗎？」

「對。該說是煤灰嗎？有一種像是被煙燻過的氣味。」

潔絲疑惑地歪了歪頭，將魔法亮光湊近雪鴞身邊。

我們這時才總算注意到。雪鴞原本雪白的羽毛上沾著煤灰，全身已經灰到讓人難以置信牠原本是白色的。

「……………！雪鴞先生，您不要緊嗎？」

潔絲摸了摸雪鴞的羽毛。只見雪鴞依舊瞪大著雙眼，緩緩發出啼叫聲。牠看來一副放鬆的模樣，似乎沒有受傷。

不過，為何會沾到煤灰？

我本來的確是打算舉辦烤鳥肉派對。但就算這樣，牠也用不著自己跑去給火烤吧——又不是在示範何謂飛豬撲火。

這時忽然有微風吹過來，讓我更進一步察覺到某件事。

「……嗳，潔絲。」

「怎麼了嗎？」

「妳不覺得好像連空氣都散發出燒焦味了嗎？」

「呃……是這樣嗎？」

我們讓雪鴞回巢，來到鳥屋外面。明明馬上就要三月了，風卻依舊非常冰冷。在這樣的冷風中，的確摻雜著燒焦味，是樹木燒焦的氣味。況且好像有種……像是在燒針葉樹的葉子時會發出的刺鼻味。

針葉樹——恐怕某處正有大量的針葉樹燃燒著。

「豬先生，您看天空！」

我抬頭仰望，只見潔絲的大腿——有淺紅色光芒反射在陰暗的雲朵上，就彷彿從夜晚的山裡觀看位於都會上空的雲朵時那樣。

「即使天空會呈現奇怪的顏色，也沒看過雲朵像那樣被照亮啊。」

「是東邊的天空！我們過去看看吧！」

我們立刻用跑的離開庭園。我們飛奔過石板路，沿著複雜的階梯往下走，穿過陰暗的夜晚街道。目的地是王都東邊的斜坡，也就是能夠瞭望梅斯特利亞東邊的廣場。

廣場上已經有王都居民蜂擁而至。他們一邊看著王都外面，一邊議論紛紛。

我們撥開人群，跑到廣場邊緣。

居然會有這種事。

將身體探出大理石欄杆外的潔絲，以及將臉探出欄杆縫隙外的我，就這樣看著在眼底下展開的光景，說不出話來。

針之森在燃燒。

火焰彷彿腰帶一般在陰暗的天空底下擴展開來，包圍住王都。從東邊吹來的風將那條腰帶緩慢但紮實地推向王都。白煙與黑煙摻雜在一起，被火焰赤紅地照亮著，同時裊裊升向夜空。

「怎麼會……為什麼……」

潔絲的雙眼驚訝地瞠大。

我想起諾特曾誇口說他有一天要放火燒掉針之森。在思考是誰做出這種事的時候，很難想像犯人會是解放軍以外的人。

這是因為考慮到針之森失火的時間點，果然是瑟蕾絲的——

「看來情勢越來越糟糕了。」

即使我這麼說，潔絲也好像什麼都沒聽見一樣，她完全沒有反應。

難道是這景色讓她如此震撼嗎？正當我看著潔絲時，只見她依舊半張著嘴，一臉蒼白地轉頭看向我。

「豬先生！」

潔絲突然拔腿就跑。

「怎麼了？」

我也追在她後面。

「聲音——我聽見了聲音。有一個聲音反覆呼喚著我。」

我們一邊飛奔鑽過議論紛紛的王都居民之間，同時潔絲也讓我聆聽那個聲音。

一如以前布蕾絲遭到囚禁時般，那是只有潔絲才能聽見的內心聲音。

——潔絲小姐，求求您，請過來這邊。我在東邊的懸崖前。

「這聲音！是瑟蕾絲嗎？」

「是的，不會錯。她就在附近——就在王都外面。」

不過，為什麼？

在這種時候、在這種狀況下來到王都，根本就是自殺行為。

目前才剛查明只要瑟蕾絲死亡，世界就會恢復原狀這件事喔……？

我跟潔絲以懸崖外面為目標，沿著彷彿螞蟻窩的地下通道，不顧前後地往下飛奔。才心想怎麼一直都是狹窄的隧道之際，便來到四處沾滿血跡的廣闊空間，或是經過幾乎沒有人清理，宛如洞窟似的道路。

總之，我跟潔絲急忙地來到王都外面。我們幾乎沒有帶任何行李。

王都的懸崖外面是一片陰暗的森林。雖說火勢還沒有燒到這裡來，但能看見在不遠的森林深處有紅色火焰正熊熊燃燒著。

「瑟蕾絲人在哪？妳知道聲音在哪個方向吧。」

「嗯，在這邊。」

潔絲一邊調整變得急促的呼吸，同時指向前方。只見一片黑暗。

沒時間猶豫了。假如瑟蕾絲不小心被王朝軍發現——

我不敢去想她會有什麼下場。

「就快到了，請豬先生也一起過來！」

「那當然。」

而在不斷奔跑的前方——我們終於找到人了。

看來精疲力盡地癱坐在樹根處的少女。不知是否曾喬裝打扮，跟平常不同的樸素服裝破爛不堪。她的頭髮十分凌亂，臉上沾滿泥巴與煤灰。

發現我們的少女站起身，只見她的手腳無依無靠地顫抖著。

況且她孤單一人。

她獨自來到了這裡嗎？還越過針之森？

一定受了不少苦吧。被潔絲抱住的瑟蕾絲，眼淚撲簌簌地流了下來。

她虛弱的聲音呼喚著我們。

「拜託了，潔絲小姐……**混帳處男先生**。」

「您怎麼了呢？怎麼會一個人在這種地方——」

瑟蕾絲就那樣將頭靠在潔絲的肩膀上，壓抑住嗚咽，搖了搖好幾次頭。我第一次看到她這種模樣。可以感受到在彷彿小鹿一般柔弱的少女內心，寄宿著某種讓她下定決心做到這種地步的強烈意志。

瑟蕾絲從喉嚨深處擠出聲音，向我們訴說：

「拜託了……求求您……」

握住潔絲背後的小手用力地握緊。

「……請殺掉我。」

是我高攀不起、崇拜已久的對象

我現在依舊忘不了那時首次看見的眼眸。

那是一雙非常碧藍的眼眸，就宛如清澈的水，心靈彷彿會被吸進去一般。

「妳就是瑟蕾絲吧。」

剛來到巴普薩斯的那個春天，當時我才八歲。我很害怕男性粗魯的聲音，一直蹲在草地上不敢動。明明想立刻逃離現場，身體卻整個僵住，無法逃離。

「我叫諾特，在這一帶當獵人。」

我對他的名字有印象，是瑪莎大人曾經提過的人。據說他是個優秀的獵人，且是村子裡的英雄。我回想起瑪莎大人曾說他真的是個好孩子，因為好奇心而抬起了頭。

諾特先生的眼眸簡直就宛如魔法一般，吸引了我一直迷惘不定的視線。

他散發出非常不可思議的氛圍，比我根據瑪莎大人的描述所想像的模樣還要年輕許多，但表情感覺有些成熟，毫無生氣且十分冰冷。

而只有雙眼散發出溫柔的水亮色彩，不知為何看起來甚至像是隨時會哭出來一般。

「聽說妳剛來沒多久啊。有什麼傷腦筋的事嗎？」

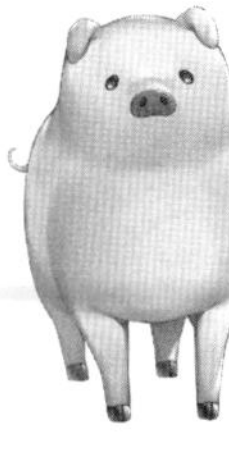

見我暫時陷入沉默，諾特先生如此詢問。然而我立刻搖頭否定。我已經不想再對任何人說什麼了。

我會感到難受，都要怪我自己不好。

所以我不希望任何人幫我做什麼。

諾特先生的視線看向我的周圍，接著看向抱著膝蓋的我布滿傷痕的手臂。聽到他內心的聲音，我知道被他注意到了。

「有人拿樹枝丟妳吧。妳為什麼會被丟樹枝？」

我並不想說。因為我無法逃走，只能拚命將臉撇向旁邊來代替逃跑。

打從一開始，諾特先生的聲音聽起來就一直興趣缺缺的樣子。只要無視他的存在，他一定會就這樣走掉吧。我原本是這麼認為的。

但諾特先生在我的眼前蹲了下來。

「快說。只要妳肯說，我可以幫妳一把。」

那雙碧藍眼眸又抓住了我。在毫無生氣的表情中，宛如泉水般水亮的那雙眼睛。

我從未看過這樣的眼睛。

我從顫抖的喉嚨裡擠出聲音。

「……因為我是樹枝……才會這樣。」

「啥？妳在說什麼啊？」

聽到他立刻用強烈的語調這麼說，我的肩膀反射性地畏縮起來。已經迎接變聲期的男性聲音聽起來有些粗暴，我果然還是會怕。

「……有人說妳是樹枝嗎？」

諾特先生溫柔地換了個說法。

他說得沒錯。村子裡的小孩們都叫我「樹枝人」。

我明明是耶穌瑪，但做不好工作。明明來這個村子還沒多久，卻已經給很多人添了麻煩。我不喜歡吃東西，因此身材瘦弱，沒什麼力氣。我沒辦法搬運沉重的行李，會摔破裝著料理的盤子，會在空無一物的地方跌倒。

我非常討厭照鏡子。我細瘦的手腳彷彿只有骨頭與外皮一般。我的脖子也比較細，萬一被人抓住沉重的項圈，我的脖子彷彿隨時都會骨折。我的腳經常受傷，因此我也不擅長直挺挺地站著。我一脫掉衣服，身體各處就會浮現出骨頭。我也曾經被人叫做「皮包骨」，我自己也那麼覺得。我就是個樹枝人，皮包骨。

對於諾特先生的問題，我老實地點頭肯定了。諾特先生露出了感到傻眼的表情。

我聽見他內心的聲音。

──想對不會反擊的對象丟樹枝的話，對著樹木丟不就好了？

諾特先生是這麼心想的。可是，不是那樣的，因為樹木不用工作，樹木不會給人添麻煩。

「沒關係的，是我不好。因為我笨手笨腳，況且瘦得像樹枝、像骨頭一樣……」

「吵死了，難道妳變成骨頭過嗎？」

他比剛才更加強烈的語調讓我嚇了一跳，感到更害怕了。可是，後來仔細一想，像骨頭一樣這種話，是絕對不能對諾特先生說的。

「……妳別那樣子貶低自己。」

諾特先生的聲音又變得溫和起來了。

知道他很努力地想溫柔對待沒用的我，我感到更加難受了。我無論何時都會惹周遭的人生氣，原因出在我身上，會挨罵是理所當然的。比起挨罵，我更不願意讓溫柔的人勉強自己。

我這次真的想拔腿逃離現場了。

可是，我的下巴突然被一把抓住，身體變得動彈不得。

諾特先生將我的臉轉向他那邊。

「妳的眼睛跟我以前喜歡的人很像，是十分清澈且純真的雙眼。別讓眼淚弄髒那雙眼睛。不管誰說了什麼，妳都別放在心上。」

我無法置信，想不到他居然會對我說這些話。

我曾經也很討厭自己的眼睛。大到毫無意義的這雙眼睛，只要風稍微吹起就會濕潤起來，讓軟弱的我看起來更加軟弱。想不到居然能獲得諾特先生的稱讚。

我不禁說不出話來。

「……哎，不過妳再多吃點東西比較好啊。妳瘦過頭了。」

諾特先生抓住我的手，讓我站了起來。

「妳這樣胸部也長不大喔。」

他突然說了奇怪的話，讓我感到困惑不已。但被他拉著手的我還是跟著他前進。

「要去哪裡呢……？」

聽到我這麼詢問，諾特先生指了指位於旅店後面的小屋。那是將圓木組合起來建造而成的樸素建築物。那棟小屋好像是倉庫，但附帶煙囪，可是我從未看過有煙從那裡升起，究竟是用來做什麼的呢？我一直感到很不可思議。

「現在正好有兔肉，我請妳吃一頓。跟我來。」

小屋裡面雖然狹窄，卻是個感覺非常舒適的地方。牆壁上掛著許多有保養的狩獵用道具。屋梁上吊著野獸的毛皮，不過因為通風良好，並沒有野獸的臭味，相對地有清爽的冷杉香氣。

諾特先生在暖爐裡生火，開始火烤據說正好可以吃的兔肉。

「森林裡面還殘留著雪的這個季節會留下腳印，所以能輕易找到兔子。」

聽到他閒聊這些無關緊要的話題，我不禁感到困惑。

我還以為兔肉只是個藉口，他其實打算去找那些拿樹枝丟我的人。因為我不想看到事情變成那樣，一開始選擇了保持沉默。

但諾特先生似乎真的只是想讓我吃兔肉而已。在那之後，他就再也沒有提到關於樹枝的話題了。

不知是否因為木柴有些潮濕，兔肉花了些時間才烤熟。我們在早春，還有些涼颼颼的風會吹進來的小屋裡，目不轉睛地注視著火焰。

「我今後也打算以這一帶為據點來打獵。碰上麻煩時儘管來找我，我會助妳一臂之力。」

諾特先生像是忽然想到般地對我這麼說。

年紀輕輕就被稱為村莊英雄的人物這麼說了。

「……謝謝您。」

儘管找他這句話實在讓我不勝惶恐，但我只能說出這句話。

「我會更努力鍛鍊本領，改天會捉到更大隻的獵物給妳看。到時我會再請妳吃肉，妳好好期待吧。」

我心裡明白他一定對我沒有任何感覺吧。

但他的溫柔讓我的內心溫暖了起來，就連我自己都難以置信。

他居然願意再請我吃肉。我明明不值得他那樣對我。

油脂發出啪滋啪滋的聲響噴濺四散，開始飄散出兔肉烤熟的香噴噴氣味了。

諾特先生一邊弄得滿手是油，一邊用小刀將肉切成小塊，接著遞給我。因為沒有盤子，看來只能用手吃的樣子。

「吃吧。小心別燙傷了。」

「……那……那個……謝謝您。」

剛烤好的肉非常燙，看起來完全不受影響的諾特先生真厲害呢——我這麼心想。我還記得接過兔肉時稍微碰到的諾特先生的手指非常堅硬。

在諾特先生面前，把他給我的兔肉盡可能吃得一乾二淨，就讓我竭盡全力了。雖然兔肉非常燙，但我很努力地吃下去。老實說我不太記得是什麼味道，或許是因為太燙了吧？又或許只是我實在太開心，根本沒有餘力去思考對味道的感想。

「很好吃。」

明明想要多說點什麼，但我只說得出這樣的話。

「這樣啊。」

諾特先生本身也只是一邊吃肉，同時偶爾會側目觀察一下我的情況而已。

後來諾特先生真的有遵守他的諾言。

鵪鶉、山豬、鹿、熊……除了赫庫力彭之外，諾特先生狩獵到的獵物我大多享用過了。儘管如此，最常吃到的還是兔肉。

雖然沒有直接問過諾特先生，但我想兔肉一定是他愛吃的食物吧。

看到諾特先生跟我待在一起，村裡的人們也不再欺負我了。豈止如此，甚至還越來越多人溫暖地守望著我。

年紀輕輕就受到眾人尊敬的英雄。都是多虧了諾特先生，我才能不再繼續被人欺負。光是這件事，諾特先生對我的恩情就已經充分過頭了。

我不再被人欺負後，諾特先生也照樣會在狩獵到不錯的獵物時請我吃肉。

他似乎不喜歡太熱鬧的氣氛，我們總是在那棟小屋裡面，兩人一起吃肉。

跟什麼時間也無關，諾特先生總是會給我很多肉，一直到我吃得很飽為止。即使我說已經足夠了，他也會主張這樣胸部長不大，又遞一份新的肉給我。

雖然我的胸部還是絲毫沒有要變大的樣子。

我曾經開口詢問過一次。

「諾特先生喜歡胸部大的人嗎？」

只見諾特先生難得地動搖起來，還弄掉了手上的肉。

後來他就再也沒有提過關於胸部的事情了。

我受傷的話，諾特先生會幫我包紮。

我雖然笨拙，但也會反過來幫諾特先生包紮傷口。他身受重傷之際，我也曾經拜託瑪莎大人讓我使用黑色立斯塔。

我每天、每晚都會確認諾特先生是否有回來村莊。諾特先生出門到遠方的期間，我則是努力練習包紮和料理。

諾特先生生日的時候，我下定決心做了兔肉派送給他，結果他非常開心。我現在依舊記得他驚訝地瞠大雙眼，說了：「居然這麼好吃嗎？」

諾特先生是我崇拜的人。

為什麼他願意對我那麼溫柔呢？無論怎麼絞盡腦汁，我都想不出答案。

可是，我真的很開心……

跟諾特先生一起度過的時光，就是我生存的價值。

我知道還是個小孩，身分地位又相差懸殊的我根本沒有資格談戀愛。

諾特先生想必是喜歡胸部大的成熟女性吧。我也知道諾特先生對我的感情，絕對不是戀愛之情。

儘管如此，多虧有諾特先生，我的日常生活一直很幸福。

這樣的生活一直持續到一位漂亮的女性，帶著一隻豬先生造訪村莊為止。

第二章 妹妹的妹妹還是妹妹

她居然只靠自己一個人——越過針之森來到這種地方。

瑟蕾絲受了傷，感到動搖且陷入混亂。她應該是累了吧，走起路來搖搖晃晃的，講話也不太流暢，模樣一看就非比尋常。

說到底，希望別人殺了自己這種話，絕對不是能輕易說出口的事。

我們首先安撫瑟蕾絲，要她暫且冷靜下來。

一塊像是小馬形狀的灌木翻倒在瑟蕾絲附近。那塊灌木感覺歷經風霜，尤其是腳的部分，葉子已經完全掉光了。

能夠創造出這種東西的，只有魔法使吧。瑟蕾絲是用魔法操控這隻小馬，騎乘小馬來到這裡的嗎？

話說回來，她為何會獨自來到這種地方？

為何會說什麼希望我們殺掉她這種話呢？

雖然很想先坐下來好好談談，但天不從人願。

從遠方傳來馬的嘶鳴聲。可以聽見馬蹄聲乘著風傳來，還有武具的聲響。

推測是大軍的那些聲音數量，也讓我直覺到這是個危險的徵兆。

「不妙啊，那是從火焰內側過來的吧？」

聽到我這麼說，潔絲將手貼在胸前，一臉不安地注視著陰暗的森林裡面。

「嗯，聽起來是那樣。」

無論放火燒針之森的人是解放軍還是誰，他們會比火焰靠近我們這點都十分奇怪，畢竟朝自己的背後放火的話，是要怎麼逃啊？因此可以推測馬蹄聲應該是王朝軍的追兵——或是潛藏在針之森，更加惡劣的歹徒們。

況且對方正逐漸靠近我們。

「瑟蕾絲，妳過來這裡的途中，應該沒遭遇到赫庫力彭吧？」

「赫庫力——啊。」

我急忙詢問，結果瑟蕾絲像是突然想起來般地按住嘴巴。

「對不起，我……雖然有喬裝打扮，一直小心地行動……然而剛才在針之森裡面……因為是晚上，森林裡非常黑暗，但我用魔法移動了一次，說不定是被看見了。」

看來她似乎是遭遇到了。

赫庫力彭是王朝用來監視的野獸。瑟蕾絲在這座森林裡的事情，早就傳達給修拉維斯了，這麼認為比較好吧。

換言之，他們此時此刻有可能已經開始在森林裡搜索瑟蕾絲。

「總之，我們先逃離這裡，躲藏起來吧。王都很危險。這下得去森林裡面了，沒問題吧？」

「就這麼辦吧！」

潔絲與勉強站立著的瑟蕾絲面對面。

「瑟蕾絲小姐，您跑得動嗎？」

「呃，那個……對不起……因為長途跋涉，我……」

瑟蕾絲看來就彷彿剛出生的小鹿一般，雙腳不停顫抖著，看來要跑步有些困難。不過，王朝軍的馬正在追趕上來，也不能悠哉地用走的逃命吧。

「魔法呢？再用一次妳來到這裡的方法如何？」

對於我這個提問，瑟蕾絲用彷彿蚊子叫的聲音說了聲「對不起」，向我道歉。

「我已經沒辦法集中精神……我一無是處又派不上用場，真的很抱歉。」

「請您別這麼說。光是能隻身來到這裡，就十分了不起嘍。」

潔絲煩惱了一會兒後，看向了我。

「得趕緊動身。瑟蕾絲小姐，請您坐到豬先生身上。」

「咦……？」

瑟蕾絲的大眼睛瞠得更大了。我也大吃一驚。

「這樣好嗎……？」

這是蘊含著各種意義的確認。潔絲堅定地點了點頭。

「情況緊急，這也是無可奈何的。」

「這樣啊，我知道了。畢竟情況緊急嘛。」

我這麼說道，一邊意氣風發地走近瑟蕾絲——隨即察覺到一件奇妙的事情。

究竟是怎麼回事？這好像在哪裡……

「豬先生，您為什麼要在這種時候聞瑟蕾絲小姐的屁股呢？」

「呃，因為好像有一種很香的味道……」

見我老實地坦承，潔絲氣呼呼地鼓起了臉頰，瞪著我看的眼神簡直就像在看變態一樣。我剛才的說法有語病啊。

「我不是在說瑟蕾絲的氣味啦，是她的裙子散發出一股香草的香味……」

我心想好像在哪裡聞過，看來這似乎是經常用在肉類料理上的百里香。我想起以前瑟蕾絲在烤肉派之際曾切碎來用。

既然會從屁股局部地散發出百里香的香味，就表示她曾經把屁股貼在百里香上。仔細一看，小馬是用葉子較細的灌木打造而成的，這就是讓百里香變形創造出來的東西吧。附帶小葉子的細長樹枝複雜地交纏在一起，構成四腳動物的形狀。

「……雖然我不太擅長魔法……但如果是料理會用到的香草，我就能像這樣稍微操控。」

瑟蕾絲一邊扭腰將屁股從我身邊移開，同時這麼說明。

如果是料理會用到的香草就能夠操控——這能力限定的範圍還真狹窄啊。

不過算啦。現在必須集中精神逃跑，而不是關心瑟蕾絲屁股的氣味。畢竟之後多得是時間可以聞瑟蕾絲的屁股嘛。

「您不能亂聞。」

「對不起……」

平常出現這樣的對話之際，瑟蕾絲會在旁邊一臉為難似的輕輕微笑。但這次她好像也沒那個心情，看起來連站著都很勉強。

我在潔絲的怒瞪下擺出坐好的姿勢，讓瑟蕾絲跨坐在我背上。原本以為瑟蕾絲會感到排斥，但她老實地服從我們的指示。

希望我們殺掉她，一定不是她的真心話吧。與其說她是因為有堅定的決心才前來這裡，看起來更像是不知該如何是好，才逃到這裡來的。

瑟蕾絲比我想像中還要更輕盈。她十分輕盈且不穩定，整個人都在顫抖。

我跟潔絲互相對望，開始移動。我們一邊選擇感覺能立刻躲藏起來的道路，同時盡可能地遠離馬蹄聲來向前進。

而預料之中的事——我一直害怕的事情發生了。

「嗯……………」

從背後傳來瑟蕾絲的聲音。不知為何是比平常還要尖的聲音。

……………………

「怎……怎麼啦?瑟蕾絲,妳還好嗎?」

我一邊注視著跑在前面的潔絲的後腦杓,一邊謹慎地這麼詢問。

「對不起……那個,大概不要緊。」

雖然聲音十分虛弱,但她這番回答讓我鬆了口氣。看來似乎沒問題。

「只是……好像有種奇怪的感覺……」

問題可大了。

潔絲轉過頭來瞄了這邊一下。她已經超越氣呼呼的程度,根本是面無表情了。

這不能怪我,畢竟我事先也確認過了。

「瑟蕾絲,妳再稍微往後面一點坐,用雙腳緊緊地夾住我。把重心放在手上也不要緊的。」

因為種種緣故,我非常清楚安全的騎豬方法。

我迴避了變成馬鈴薯排骨湯的危機,與潔絲一同飛奔穿過黑暗的森林裡。

上次在針之森裡面逃命,是跟潔絲一起前往王都時的事了。那時我們非常想要進入王都,這次卻不能進入王都。

超越臨界讓深世界的影響變強,可以聽見有奇妙的聲響和詭異的呻吟聲從黑暗中傳來。我們一邊祈禱一邊前進——祈禱著不要碰上聲音的主人,還有千萬不要被王朝的監視者赫庫力彭發現。

風一吹起,周圍便響起火焰熊熊燃燒的轟隆聲響,森林火災的火勢越發猛烈。馬蹄聲聽起來依然在追趕著我們。我心想像無頭蒼蠅一樣亂跑的話，實在太危險了。

「我們決定一下逃走路線吧，要戰略性地逃命。」

我戰戰兢兢地向潔絲搭話。潔絲似乎認為現在不是生氣的時候，認真地點了點頭。太好了，關於剛才的背後事件，她似乎認同可以酌情減刑。

「關於那件事，我們之後再好好談談吧。」

潔絲一板一眼地向我這麼預告後，開始思考起來。

「應該前往哪邊比較好呢？既然不能回到王都，那要不要逃出森林呢？」

「也只能逃出這裡了吧。只不過需要考慮到火災的狀況。」

「是否有並未遭到火勢波及的安全場所呢？」

我們思考起來。雖然我們從王都只有看到東邊，但能見範圍都以帶狀在燃燒著。因為風也很強，火勢看起來是越燒越旺。要逃向那邊近乎絕望吧。

「很難說該往哪邊逃才對呢……假如針之森整體都已經陷入火海，我們只能找個地方跨越火海了。」

「這……」

想必很艱難吧。

我甚至想回到王都環顧整個針之森，尋找沒有燒起來的部分，但也不可能那麼做。我們只能在視野極差的這座森林裡尋找應該前進的道路。

假如有火勢並未波及到的地方……

「從剛才開始就一直吹著東風啊。」

聽到我這麼說，潔絲邊跑邊確認風吹的方向，接著點了點頭。

「的確是呢。我們目前位於王都的東邊，所以這表示火焰正朝我們逼近。」

「王都還挺大的，搞不好——」

不知潔絲是如何解釋我這番發言的，她一臉驚訝地詢問：

「您要回王都嗎……？」

「我不是那個意思。王都就像一座很大的山，會擋住風。換言之，如果是王都西邊，說不定風就比較弱，火勢也蔓延得比較慢，也許能夠避開火災。」

「原來如此！那就前往西邊！西邊有許多在暗黑時代滅亡的地區，所以也能避人耳目，離開森林後應該也比較容易逃命。」

「很好，對我們來說正好啊。」

「不過這樣等於是要繞王都一圈走遠路，沒關係嗎？」

「只有這條路了。我們前往西邊吧。」

我們很快就敲定了路線，決定朝西邊前進。

這段期間，瑟蕾絲一直沉默不語。因為她坐在我背上，我看不見她的臉，不曉得她此刻在想什麼。我十分不安。瑟蕾絲發生什麼事了？解放軍那邊發生什麼事了？我們就這樣在很多事情都搞不清楚的狀態下，在黑暗的森林裡不斷奔跑著。

我們只能相信那條根本不曉得是否存在的退路是真的存在，不斷往前進。

「……瑟蕾絲小姐，能請您先告訴我們發生了什麼事嗎？」

是讓瑟蕾絲坐在我背上逃跑的作戰奏效了，還是該歸功於我們決定朝西邊前進呢？馬蹄聲漸漸地遠離，最後終於再也沒聽見了。火勢也在遠方。我們放慢速度，用走的前往針之森西邊。

就在我們像這樣穩定下來之際，潔絲溫柔地向瑟蕾絲搭話。

但瑟蕾絲只是不停顫抖著身體，我的背後感受到她的震動。我扭動脖子，抬頭仰望瑟蕾絲。她一臉尷尬地移開視線。

「什麼事都行。其實我們也不是很清楚狀況……這也是為了我們，可以告訴我們發生了什麼事嗎？」

我稍微換了個說法。結果瑟蕾絲開口了：

「我根本沒有那種價值……」

真是的，這開口第一句話還真像瑟蕾絲會說的話啊。

把她摻雜著貶低自己的話語，斷斷續續述說的來龍去脈概括來說，大概是這種感覺。

事情的開端在前天中午。瑟蕾絲偷聽了諾特內心的聲音，得知王朝向解放軍提出了一個要求。

——就是把瑟蕾絲交給王朝。

似乎也附上了「瑟蕾絲的存在就是造成這個世界異常的原因」這樣的說明。不過，諾特等幹部當然不打算服從王朝的要求。

所以他們沒有回覆，直接燒掉了信件。

「我絕對不會把瑟蕾絲交給他們，會反抗到底，視情況而定，也會拿起武器一戰。」

據說諾特憤慨激昂地對伊茲涅和約書這麼表示。瑟蕾絲偷聽了這些話。

「我……感到非常害怕。」

眼淚一邊滴落到我的脖子上，瑟蕾絲這麼說了⋯⋯

「假如我成了火種，導致王朝與解放軍開戰……我絕對沒辦法忍受那樣的情況。假如因為我而害諾特先生他們受傷……有人死掉的話……光是想到這些，我就無法承受。」

但瑟蕾絲沒有勇氣殺掉自己。

因此她逃離了。她獨自在半夜悄悄地逃離，接著花了大約整整兩天的時間，才來到這裡，為了請我們消除戰爭的火種——也就是殺掉她。

「絕對不行！」

潔絲以強烈的語調向瑟蕾絲訴說。

「瑟蕾絲小姐消失，世界就會恢復原狀這種事，絕對是錯誤的。」

「……我無所謂。如果可以不給大家添麻煩，那樣就行了。」

潔絲看似說不出話來。

我心想她們一直這樣互不相讓，只會變成兩條平行線，於是試著提出別的觀點。

「噯，假設我們把瑟蕾絲交給王朝，而王朝對瑟蕾絲做了某些事好了。」

聽到我提出這樣的假設，瑟蕾絲的手緊緊地握住我的梅花肉。

「是的……」

「妳覺得諾特他們會說『那也沒辦法』，就這樣算了嗎？絕對不可能吧。他們果然還是會跟王朝開戰。」

「……那麼，請**混帳處男先生**動手殺掉我。」

要是那麼做，就換我被剁成叉燒肉片了吧……

「冷靜點。聽好嘍？我跟潔絲都不會那麼做。無論發生什麼事情，我們都會保護瑟蕾絲。」

瑟蕾絲在我的背上不穩定地左搖右晃著，暫時沉默不語。

我們遠離了火焰，森林裡一片漆黑，四處可以看到白色蘑菇隱約地在發光。

潔絲看來非常擔心，她緊貼在我——應該說緊貼在瑟蕾絲身旁走著。這實際上等於是火腿三明治。如果不是這種狀況，應該為自己可以左擁右抱感到開心吧。

「豬先生？」

我當然不是那種好色之徒。

「可是……只要我死掉，世界就會恢復原狀。」

瑟蕾絲含淚的聲音讓我搖了搖頭。

「別急著下結論。或許只要瑟蕾絲死亡，世界就會恢復原狀，但沒有人說世界要恢復原狀，瑟蕾絲非死不可吧？這就是充分條件與必要條件的不同。」

「呼咦……？」

從瑟蕾絲的嘴裡冒出了一個從未聽過的聲音。

出乎意料地可愛。

「豬先生。」

當然潔絲更加可愛就是了。

「也就是說，或許有瑟蕾絲可以不用死的解決方法——不，一定有。在找到那個方法之前，我們是不會放棄的。」

「就是說呀。我們也正好一直在尋找那樣的方法呢。」

「真的嗎？」

「真的。」

瑟蕾絲猶豫著該說些什麼。過了一陣子後，她緩緩開口說道：

「……謝謝您。」

是因為放心下來，沒那麼緊張了嗎？瑟蕾絲終於開始放聲大哭。她似乎哭到累了，沒多久後嗚咽聲便轉變成睡著的呼吸聲。

她一定是不眠不休地一路奔波到這裡來的吧。果然瑟蕾絲還是想活下去的。

她特地換上樸素的衣服，喬裝打扮後才來到這裡，是因為不想被王朝軍發現。

瑟蕾絲並不是來王都獻上自己的生命。

她是因為突然被迫面臨死亡這個選項，不曉得該如何是好，為了依靠我們才來到王都的。

由於瑟蕾絲睡著了，潔絲跟我才總算互相對望。

雖然剛才自信滿滿地那樣誇下海口，但目前還不清楚有什麼方法可以讓瑟蕾絲免於一死。儘管有聽說路塔這個早就作古的人物身上或許藏著什麼提示，除此之外卻沒有任何有用的情報。

「無論發生什麼事情，我們都要一起保護瑟蕾絲。」

「是的。」

潔絲一臉認真地點頭同意，充滿彈性的雙眉之間甚至微微皺起眉頭。

我跟潔絲都對於在最初那趟旅程中拆散了瑟蕾絲與諾特一事抱有罪惡感。假如我們沒有要諾特與我們同行，諾特說不定現在依舊在那個村莊、在瑟蕾絲身旁過著獵人的生活。

況且那趟旅程尾聲在針之森的戰鬥成了開端，導致撼動國家的北部勢力興起。解放軍就是為了對抗北部勢力而組成的，接著才演變成現在這種狀況。

追根究柢，是我們造成了梅斯特利亞的混亂。

倘若瑟蕾絲無法與諾特在一起——那也是我們害的。

「……我會加油的。」

是看了我的內心獨白嗎？潔絲以做好覺悟的眼神看向我。

「我們一直受到瑟蕾絲小姐許多照顧，也給她添了很多麻煩，現在正是報恩的時候。我會為了瑟蕾絲小姐盡一份心力。」

「不錯喔，要維持這股氣勢。」

我們已經不再弱小無力。潔絲擁有的魔力足以匹敵修拉維斯這個梅斯特利亞最強的魔法使，我也一樣越來越清楚這個世界的內情。雖然用豬的模樣能辦到的事情有限，但至少能幫忙出主意。只要搭配潔絲的知識與魔力，能做的事情可說無限大。

我們一定也能保護被王朝軍追殺的一名少女。

「潔絲，我有一個很重要的建議。」

「是什麼呢？」

我用認真的語調向露出認真表情的潔絲說道：

「……妳要成為姊姊。」

「什麼？」

「所以說，妳要成為姊姊。潔絲要成為瑟蕾絲的姊姊。」

「為什麼呢……？」

「妳要盡一份心力，對吧？那麼首先需要改革意識。就憑一直以來的潔絲是不行的。」

「……是這樣嗎？」

「就是這樣。」

潔絲看來對我強硬的主張不太能接受的樣子。我補充說明：

「舉例來說好了，師父與徒弟，就是所謂的師徒關係吧。妳覺得那當中具備什麼意義？」

「呃，我沒有深思過這個問題……但我想它的意義應該是明確地表現出指導者與學習者的立場吧。」

「但妳仔細想想。如果只是指導或學習某些事情，應該不需要什麼師父或徒弟的頭銜。縱使不明確表現出立場，直接說有一個人在指導、有一個人在學習，這樣不就好了嗎？」

「的確……？」

「那麼，要說師徒關係具備什麼意義，就是**合理化**。」

潔絲以純粹的視線看向這麼主張的豬。

「因為是師父而要指導徒弟；因為是徒弟而要向師父學習。先有了這層師徒關係，這種穩固的緣分才會逐漸成長。變成師徒關係會讓兩人的意識產生變化，也就是透過自覺到彼此之間的關係，來實現更高層次的交流。」

「這……或許的確是那樣也說不定呢。」

她終於理解了嗎？

「所以說，妳成為瑟蕾絲的姊姊這件事非常重要。」

「是………的。」

她理解的程度突然降低了不少，沒問題嗎？

不過，她不成為姊姊的話，我就傷腦筋了。

其實潔絲成為瑟蕾絲的姊姊這件事，還有一個無法忽視的好處在。

潔絲是我的妹妹。因此只要潔絲成為瑟蕾絲的姊姊——

瑟蕾絲必然也會變成我的妹妹！

「沒那回事呢……」

她十分冷靜地吐槽。

「……可是，感覺我有一點明白了。」

「真的嗎？」

「嗯，瑟蕾絲小姐一定也跟豬先生一樣，不喜歡單方面接受別人的恩情才對。」

潔絲溫柔的眼神望向在我背上安穩入眠的瑟蕾絲。

「只要有個理由，就會比較方便報恩。這點的確跟豬先生說的一樣。」

「對吧？妳能明白就好。」

見我心滿意足地點了點頭，潔絲露出燦爛的微笑，這麼說道：

「我會成為姊姊的。」

我們一邊小心地避免被赫庫力彭發現，同時在森林裡前進。

我們沿著王都的南邊繞了一圈，目前位於西邊。為了遠離王都，我們繼續朝更西邊前進。

「首先得設法徹底逃離追兵才行呢。離開森林後，就把瑟蕾絲小姐送回解放軍成員那邊，是不是最安全的做法呢？」

潔絲的提議讓我稍微思考起來。

「關於這件事啊……」

「怎麼了嗎？」

「我想先試著整理一下情況。」

「您說情況嗎？」

「對。妳回想一下今天看到的修拉維斯的那封信。」

「我想起來了。」

潔絲的腦海中一定完整地浮現出信件內容，一字不差吧。

「……應該說信就在這裡。」

潔絲拿出之前夾在裙子裡的紙張。修拉維斯留下的那封信被工整地折疊起來，拿著那封信的手也依舊戴著跟信放在一起的聯絡用手鍊。

「真是幫了大忙。而關於那封信的最後兩句話……」

「『我已經發出通告，要解放軍立即把瑟蕾絲交出來。假如你們知道她的下落，就用這條手鍊聯絡我吧』——是這兩句吧。」

潔絲根本用不著打開她拿著的信，便這麼說了。她真的完全記得，一字不差耶……

「那個寫法讓我有點在意。修拉維斯寫那封信的時候，應該早就知道瑟蕾絲不在解放軍那裡了吧？」

「嗯，畢竟信上寫著『如果知道她的下落』，那麼想比較自然呢。」

瑟蕾絲平常都待在諾特身邊。

修拉維斯也知道這點，所以一般是不會提到什麼下落的。

也就是說，修拉維斯知道瑟蕾絲人不見了這件事。

「不過很奇怪。修拉維斯是怎麼知道這件事的？瑟蕾絲說解放軍沒有回覆，直接把信燒掉了才對。沒有回音的話，照理說修拉維斯認為是解放軍在藏匿瑟蕾絲，會比較自然吧。」

「的確……不過瑟蕾絲小姐是在前天半夜出發的。說不定是在昨天跟今天這兩天內，解放軍那邊向修拉維斯先生做了什麼回覆吧？」

「感覺那也不太可能。」

「是這樣嗎……？」

「我們收到了兼人寄來的信吧，想想他為什麼在信上只寫了像暗號一樣的話。寫那封信的人是誰？」

「是約書先生。」

「那麼約書為什麼不肯告訴我們更多事情？」

「……是因為沒有時間嗎？」

「要是那樣就好了。可是，如果再加上我作的夢來看，果然還是很奇怪。」

「這麼說來……兼人先生好像沒有跟豬先生提到瑟蕾絲小姐的事情呢。」

「對，但他明明有提到邀請移居之類的事情，那是我昨晚作的夢。即使如此，兼人卻沒有提到在前天晚上就不見蹤影的瑟蕾絲，這分明是非常重要的事情。這樣子合理嗎？」

「如果兼人先生知情，應該會告訴豬先生這件事吧。這樣看來……」

潔絲像是察覺到原因般地看向我。

「根本沒人告訴兼人先生瑟蕾絲小姐失蹤的事情？」

「我也是這麼想。解放軍甚至沒有把瑟蕾絲失蹤的事情告訴理應是自己人的兼人，隱瞞了這件事。這麼一來，也能明白約書為什麼在信上只有寫下最起碼的事情吧。」

「因為他不希望我們察覺到瑟蕾絲小姐失蹤這件事……」

雖然覺得很受傷，但就是那麼一回事吧。

解放軍把瑟蕾絲失蹤一事當成最高機密。倘若被王朝得知瑟蕾絲以毫無防備的狀態待在某處，她將會有生命危險。這是合情合理的判斷。

「而這樣的話，會產生一個謎題吧。為什麼修拉維斯在今天中午就已經知道那種最高機密了？瑟蕾絲移動時有喬裝打扮，所以很難想像是被赫庫力彭看穿的吧。況且她是在今晚被赫庫力彭看到她使用了魔法——是在修拉維斯寫完信之後。在那之前，照理說王朝應該沒有方法可以察覺到瑟蕾絲失蹤這件事。」

「…………」

潔絲猶豫著該說什麼才好。我開口說道：

「儘管無法排除是某人發現了瑟蕾絲這個可能性，但一般來說，沒有人會設想到理應被解放軍藏匿起來的瑟蕾絲其實根本在外頭徘徊。她又不是什麼知名人物，有人碰巧撞見喬裝打扮並逃走的瑟蕾絲這種事，真的可能發生嗎？」

「如果是我……應該會試著考慮其他可能性。」

我點了點頭。

「要說能想到的可能性，大概就是解放軍裡有內賊，或是修拉維斯用魔法之類的方式在竊聽吧。哎，竊聽敵對團體的機密這種事該說是一種慣例嗎？總之是理所當然的。」

「怎麼會……修拉維斯先生居然……」

「倘若一相情願地猜測，說不定也是因為這樣，修拉維斯才會避免與我們接觸。我們跟解放軍走得很近，在目前這種狀況下與我們交流，從保守機密的觀點來看實在很危險啊。關於瑟蕾絲的事情，他應該是認為給我們情報的好處比較大吧，所以才會透過寫信這種手段聯絡我們，畢竟信件很難透露超出必要的情報。」

倘若面對面交談，對方可能會從自己的外貌、表情、動作等地方獲得情報，也有不小心說溜嘴的風險。但要是寫信，就不會出現這種狀況。

雖然我們目前正在解讀那封信，試圖獲得更多情報就是了。

這是一場情報戰。

眾人早已圍繞著瑟蕾絲開始進行諜對諜，展開水面下的爭鬥。

「那麼，把話題拉回來，假設修拉維斯可能有辦法獲得解放軍的機密，而我們接下來打算前往解放軍那邊，把瑟蕾絲交給他們好了。妳明白這麼做會很不妙嗎？」

「嗯，修拉維斯先生會知道瑟蕾絲小姐回去的事情。假如變成那種情況……」

會爆發圍繞著瑟蕾絲的爭鬥——一如她一直在擔憂的狀況。

「王朝軍可能會襲擊諾特他們。說不定會變成解放軍與王朝的全面戰爭。」

潔絲輕輕搖了搖頭。

一定要避免那種狀況發生才行。

「那麼，我們該怎麼做……」

「瑟蕾絲逃走這件事算是不幸中的大幸，王朝還沒有攻擊解放軍的理由。考慮到瑟蕾絲的安全，我們不能回到王都。為了避免爆發全面戰爭，也不能依靠解放軍，所以我們只能不斷逃跑。我們要不斷逃跑，一邊爭取時間，同時尋找瑟蕾絲可以得救的方法。」

「……我明白了。就這麼辦吧。」

──不幸的是，我們才剛進行完這樣的對話，就撞上了簡直像是躲藏起來等待著我們的王朝軍士兵。

不知是軍方的規定嗎？幸運的是，那個士兵穿著不會融入黑夜中的紅色鎧甲。

對方表現出發現我們存在的樣子之際，一塊長布彷彿套索般從先一步動起來的潔絲手中飛了出去，轉眼間就把士兵一圈一圈地纏繞起來。

就在那個士兵張嘴想大聲喊叫時，捲成一團的布塊末端宛如拳頭似的塞進他嘴裡。潔絲一反平常的作風，毫不留情地堵住他的嘴。士兵變成全身像是木乃伊一般的狀態，倒落到地面上。

與此同時，有槍聲響起。

從那個聲響可以知道槍彈偏離到其他方向去了。被捲成木乃伊而失去自由，甚至被堵住嘴的士兵用他身上帶的槍開槍作最後掙扎，通知周圍有異常情況發生。

（不妙啊。）

我一邊用內心的聲音向潔絲這麼傳達，同時警戒著周圍。雖然我們只有撞上一個士兵，但伏兵應該不只一個人吧。就跟散發著黑色光澤的小強一樣，只要看到一個人，最好當作還有一百個人。

我停下腳步，側耳傾聽。潔絲緩緩地動起手來，森林裡開始產生一陣安靜的空氣流動。「風的訊息」──這是藉由魔法來操作氣流，單方面竊聽對方聲音的高難度技術。微風從正面吹向我們，將前方的竊竊私語聲清晰地傳送過來。

（怎麼回事，是誰開槍了？上頭不是下令說要活捉，不准用武器嗎？）

（是誤擊吧。槍彈飛向上面了。）

（真的是那樣嗎？明明有通告說目標正朝這邊前進，你為何能斷言是誤擊？）

（……的確，也有可能是某種暗號。）

（要行動嗎？）

（不，現在就出面不太妙。假如是我們搞錯了，不就會暴露我們的存在嗎？那樣就沒辦法埋伏了。）

（我知道了，那就用狗吧。）

（……好主意。）

潔絲露出恐懼的表情望向我。正好就在這時，我的鼻子聞到了風中有動物的氣味。是狗。士兵打算用狗來尋找我們。

就像我聞到了對方的氣味一樣——狗的嗅覺也很敏銳。

我們還來不及煩惱，便傳來好幾隻狗跑向這邊的聲音。

（會被發現的，我們安靜地逃走吧。）

我們折返回頭，安靜地在一片漆黑的森林裡移動。但感覺那些狗逐漸靠近的聲音似乎比較快，牠們嘎呼嘎呼的呼吸聲慢慢地變得清晰起來。

——怎麼辦？要不要乾脆讓這一帶陷入火海呢？

潔絲這麼提議。不過她的想法有點大膽過頭了。

（我不希望被人類發現。只要能擺脫這些狗，就能跨越這個困境了。）

——但該怎麼做……

不妙。動物的呼吸聲從未離開過，那些狗還在追趕我們。要是牠們追蹤沾在地面上的氣味，我們根本無路可逃。

狗的腳步聲突然在周圍散開。

（被包圍了……！）

那些狗比預料的更加訓練有素，牠們的團體行動似乎也充滿紀律。

「炎術(Flamma)——」

就在潔絲這麼低喃的瞬間，我感覺到瑟蕾絲在我背上突然爬起來了。

一陣強風吹過我們周圍。不知什麼緣故，風在我的左右兩邊是朝反方向吹。我感受到瑟蕾絲冰冷的雙手突然緊緊摀住我的雙耳。

風變得更強了。瞬間，有種彷彿會讓頭蓋骨裂開的尖銳轟鳴響起。

宛如空氣漩渦要劃破黑暗般，將所有聲響都掩蓋過去的聲音。

——那些狗請交給我處理。

因為轟鳴而感到刺痛的腦海中響起了瑟蕾絲的內心聲音。

一看之下，可以發現應該懂得團隊合作的那些狗居然丟著我們不管，開始大鬧起來。潔絲趁這個空檔找到了退路，拔腿就跑。我追在潔絲後面。

我專心盯著潔絲的屁股，同時在黑暗的森林裡飛奔了一陣子，但沒多久潔絲便停下腳步，因此我也一起停下來調整呼吸。轟鳴早已經消失了。

潔絲朝我這邊說了些什麼，但我聽不見。

我疑惑地歪頭，結果發現耳朵有異樣感。該說是壓迫感嗎？還是該說被人摀住了呢？

「對不起……」

賠罪的聲音與冰冷的空氣一起進入了耳朵。剛才是瑟蕾絲摀住了我的豬耳朵。

「不要緊的。妳的手心冰涼涼的，感覺很舒服喔。」

「……真的嗎？」

「嗯，妳不用道歉。反倒該說要我付錢也行。」

「咦？付錢……」

讓女孩子幫自己緊緊摀住耳朵的服務，應該支付多少金額才好呢？

潔絲露出不滿的表情看向這邊。

「我認為您不應該用那種眼神看待瑟蕾絲小姐。」

結果瑟蕾絲疑惑地微微歪頭。

「……那種眼神是指什麼眼神呢？」

潔絲一度張開了嘴。但她似乎猶豫著該怎麼解釋，就那樣閉上了嘴。

「是什麼眼神啊？」

「我……我不知道！」

見我順勢追擊，潔絲鬧彆扭似的哼了一聲，將臉撇向一旁。

瑟蕾絲小聲地詢問我：

「咦，我……是不是說了什麼不該說的話呢？」

「不，不要緊的。妳別放在心上。」

潔絲快步地邁出步伐，我揹著瑟蕾絲，踢達踢達地跟在她後面。夜晚的森林一片漆黑，潔絲還是一樣用「風的訊息」幫忙警戒周圍。我們已經離伏兵所在的地方有一段距離了，看來已經沒有追兵的樣子。

「……瑟蕾絲，妳剛才對狗做了什麼？」

聽到我這麼問，瑟蕾絲在我的背上稍微移動了一下屁股。她以似乎有點開心的聲音說道：

「多虧您讓我有時間休息，我稍微恢復精神了……所以我用了『喚狼』的魔法。」

「……那是什麼來著啊？」

「呃……就是叫醒狼先生牠們的魔法。」

她也太不會說明了吧。

不過我也在這時回想起來了。

潔絲跟我以王都為目標之際，潔絲從諾特那邊收到，並藉此撿回一條命的道具——也就是

「嗅狼」。巧合的是當時同樣是在針之森使用了「嗅狼」。

那個魔法道具會發出人類聽不見的超高音域轟鳴，激怒狼群。超高音域不只是狼，豬也聽得見。當然狗也聽得見。

這魔法正適合用來擾亂狗，且不會被人類發現。

「這麼說來，我們也用過。不過那時用的好像是個圓形的道具。」

「是的，一般是把小型的綠色立斯塔裝入在王都製造的魔法道具裡來使用。薩農先生幫忙解析了那個道具……我一邊向他學習原理，一邊練習如何模仿。」

潔絲氣勢猛烈地轉過頭來，接著突然以雙手包覆住瑟蕾絲的手。

「原來是這樣呀！居然有魔法可以發出聽不見的聲音……瑟蕾絲小姐，您太厲害了！」

「沒有啦，這沒什麼厲害的……」

「請您告訴我細節。您究竟是怎麼辦到的呢？」

因為潔絲很激動地將身體向前挺，我的視野在潔絲裙子的大腿一帶被完全遮蓋住了。我什麼都看不見。

「怎麼辦到的……那個，就是把風跟風用這種感覺轉圈圈，接著再努力把這個『嘿！』一下……這麼一來，空氣就會慢慢地嘩嘩起來……」

她也太不會說明了吧。

「原來如此，也就是讓反方向的風擦肩而過，使空氣細微地震動起來呢。為此要將兩個相同方向的漩渦並排在附近……」

真虧潔絲聽得懂啊。

「可是瑟蕾絲，妳為什麼會練習這種魔法啊？」

我從潔絲的裙子底下探出頭來這麼詢問，結果瑟蕾絲看似有些高興地害羞起來。

「是為了代替羅西先生。」

…………？

意思是以前是由羅西在啟動「喚狼」的嗎？看她似乎很開心地自稱是在代替狗，讓我感到有些不可思議。

我們繼續前進，沒多久到達了一條小河。

「怎麼辦呢？要渡河嗎？」

聽到潔絲這麼問，我看向河川。那是一條淺淺的小河，甚至能夠涉水渡過。裡面想必摻雜著雪融水，涉水渡過的話肯定很冰冷吧。不過……

「王朝軍有帶狗。只要在地面上行走，我們的氣味便難免會留下痕跡。要不要暫時涉水前進？」

「原來如此，如果是河川，就不會留下氣味和足跡了呢！不愧是豬先生！」

聽到她大肆稱讚不愧豬(不愧是豬先生)，讓我感到過意不去。涉水前進這個主意並不是我發明的，反倒該說這在犯罪懸疑作品裡算是慣用手段……哎，這就是轉移到異世界的醍醐味吧。

「很厲害吧！我自己都覺得這想法真是天才。妳可以更用力稱讚我喔。」

「咦咦……」

我內心的聲音都被她聽見了。

潔絲幫忙把水面凍結成正適合行走的路面，因此我們不用真的把腳踏進河裡就能前進。那些冰一完成任務就開始融化。這想法實在太天才了。

我們沿著河川前進一陣子後，便走出了針之森。

從跟瑟蕾絲見面時算起，我們大概已經走了二十公里吧。即使是潔絲也不禁露出疲憊的神色。

小河隨後與流向西南方的富饒水流會合了。我們借用被繫在岸邊後就無人管理、快腐朽的小船，搭小船沿著河川下行。

在黑夜中被軍方追著跑的水上旅行揭開序幕。

我們的船沿著平穩的河川前進，包圍著這條河的是長著茂密黑色樹林的山。沿岸散布著小型的街道，不管哪戶人家，都一律是漆成白色的牆壁與深色屋頂。

「我從沒來過這邊呢。是因為沒什麼人嗎？這裡非常安靜。」

潔絲眺望著街景，這麼說了。

「以位置來說，這裡是梅斯特利亞的哪邊啊？」

「因為是西南部，我想應該是麥爾河吧。這條河會流入比位於基爾多利西邊的山脈更西邊的海裡。」

「那也就是說，照這樣繼續前進的話，就能到西邊的海洋嗎？」

「嗯……應該是。只不過，西南部據說是文明之火在暗黑時代已經消滅的場所，許多街道都因為魔法使之間的戰鬥遭到毀滅，所以情報很少……也不曉得河川是否會確實地按照古老地圖描繪的那樣流動。」

「但感覺挺有趣的啊。總覺得很值得前往看看。」

聽到我這麼說，潔絲一臉意外似的回望著我。

「是這樣嗎？」

「對。我們接下來該做的事，就是帶瑟蕾絲妹咩逃走。還有什麼？」

「還有找到瑟蕾絲妹——小姐可以免於一死的方法。」

是因為聽見自己的名字嗎？靠在小船邊緣昏昏欲睡的瑟蕾絲忽然抬起頭來。見我們朝她露出微笑，她一臉為難似的揚起嘴角，隨即又昏昏欲睡。

「然而不管我們怎麼依靠王朝的知識系統，都完全找不到那個方法。所以我們才會像是要抓住救命豬般，試圖找出路塔這個以前似乎是來自異世界的男人留下的某些線索。」

「應該是救命稻草吧？」

「而根據比比絲在圖書館所說的話來看，路塔這個人物消失在什麼『西方荒野』了吧？」

「……是的，她的確那麼說過呢。所謂的西方荒野，我想應該就是我剛才提到的文明之火已經消失的地區。」

「這樣不是正好嗎？只要逃到西邊，就有從暗黑時代起無人碰過的地區，況且是因為沒有被王朝統治過，沒有遭到王朝的知識系統汙染的地區。此外，推測是線索的路塔，據說就是在那邊消失的。雖然可能性應該低到不行，但如果要尋找線索，先從西邊開始找才是上策。」

「說得也是呢。那麼，我們在路上也要盡量避免看漏任何細節。」

……在這麼說完的幾分鐘之後，潔絲也開始昏昏欲睡了。她重複著半瞇上眼又猛然驚醒的動作。

快腐朽的小船因為有潔絲創造出吸滿油的布覆蓋住表面，即使載著我們，也能勉強漂浮在水面上。不過別說是魔法的動力裝置了，就連船舵也沒有，因此不用槳划船的話，就只能順著河川的水流緩緩前進。

我思考起來。我們接下來該怎麼做才好？

只要維持現狀，就可以遠離王都，流向西南方。然而問題在於要前進到哪邊。應該還有追兵才對。我們必須先發制人，徹底擺脫追兵才行。

如果王朝軍用狗追蹤我們，就會發現我們的氣味是在河灘消失的吧。由此可以輕易推測出我們沿著河川移動了。這麼一來，他們肯定會調查河川沿岸。倘若早早就靠岸選擇陸路，有可能再次被他們沿著氣味追蹤。

另一方面，沿著河川前進能夠暫且爭取到一段時間，但仍舊是一直停留在追兵的搜索路線上這種危險的狀態。

還有，在逃亡之旅中，雖然選擇路線也很重要，但同樣必須留意自己的體力才行。要是因為精疲力盡而被追上，便等於是賠了夫人又折兵。可以看出靠在船邊休息的潔絲與瑟蕾絲已經十分疲憊。瑟蕾絲好像睡著了。

順帶一提，被兩名美少女夾在中間一起旅行這個事實，則是讓我精力充沛。

「您精力充沛嗎？」

「哎，那當然啦。可愛的女孩子變多，當然會覺得很開心吧。這是世界的真理。」

潔絲看似不滿地噘起嘴唇。

「……請您不要太常稱讚除了我以外的女生可愛。」

那彷彿在小聲低喃般的抗議，讓我不禁小鹿亂撞了一下。

「抱歉。潔絲是全世界最可愛的。」

「不……我並沒有多可愛……」

到底要我怎樣啊？

空氣變得有些微妙，我改變話題。

「這麼說來，我很在意一件事，就是王朝軍究竟是怎麼找到我們的？他們提到了有通告說目標正朝這邊移動吧。他們怎麼會知道這種事？是我們移動之際在哪邊被赫庫力彭給看見了嗎？」

潔絲將手貼在下巴，思考起來。

「說得也是呢……赫庫力彭具備獨特的魔法反應。在森林裡時我非常小心，假如牠待在會發現我們的距離，照理說我應該會注意到才對……」

「既然這樣，那還有什麼可能的原因呢？」

「針之森是從東邊燃燒蔓延開來的。一旦要逃命，最好的辦法就如同豬先生所想的那樣，是盡可能前往可以遠離火焰的西邊。追兵應該也是抱持同樣的想法吧？」

「原來如此，很有可能是那樣啊。是我想得太簡單了點嗎……」

假如是修拉維斯負責指揮——雖然那傢伙偶爾會失敗，卻是個很有一套的高手。「十字處刑人」事件時也是那樣。他繼承了母親聰明伶俐的頭腦，至少在好幾點上比我們還要高明。

對方有一定數量的軍隊，以及散布在全國各地的赫庫力彭。

當然，解放軍一發現赫庫力彭就會動手殺掉吧，所以牠們的數量理應正在減少才對……即使如此，要一直逃命感覺依舊相當費力。

「對不起，為了我這種人……讓事情變得這麼麻煩。」

是什麼時候醒來的呢？瑟蕾絲這麼向我們道歉。潔絲搖了搖頭，撫摸瑟蕾絲的頭。

「請您不要說什麼『我這種人』，也用不著道歉唷。我們只是做了理所當然的事情而已……因為瑟蕾絲小姐是我重要的妹妹。」

「妹妹……」

瑟蕾絲一臉難以理解的模樣，潔絲雙手握拳，朝她露出笑容。

「對。請您把我當成姊姊，儘管來依靠我喲。」

「真的可以嗎……？」

「當然了！」

「妳儘管叫潔絲姊姊，不用客氣喔。」

聽到我這麼插嘴，兩人露出困惑的表情俯視我。

「為什麼是豬先生允許她這麼稱呼呢？」

「哎呀，那個，我是想說這種話可能很難自己開口。」

我絲毫沒有打算讓瑟蕾絲順便叫我哥哥的想法。

「原來您想讓她順便叫您哥哥呀……」

瑟蕾絲用十分虛弱的聲音向爭論著這種事情的我們說道：

「可是，我還是覺得很過意不去……我總是一直在依賴兩位。」

「沒那回事。」

我立刻這麼斷言。

「瑟蕾絲是我們的恩人。因為有妳，才有現在的我們。」

「恩……人……？」

瑟蕾絲用以前從未被人像這樣說過的聲音如此低喃了。

「回到這個世界的時候，我能夠與潔絲重逢，都是多虧有瑟蕾絲幫忙與解放軍會合。最重要的是妳在送行島救了諾特一命。倘若諾特在那時死了，就沒有現在的我們。妳是因為那次事件，才會有楔子寄宿在胸口的吧。我們一起幫忙分擔責任，是再理所當然不過的事情。」

「就是呀！我們被諾特先生救了好幾次。」

瑟蕾絲用袖子擦拭眼睛，吸了吸鼻涕。

「……潔絲小姐，**混帳處男先生**……謝謝您。」

明明是很感人的場面，卻被混帳處男這個稱呼搞砸了。

瑟蕾絲看向我這邊。

「那個……這麼說來……**混帳處男**是什麼意思呢……？」

唔嗯。

雖然我不太清楚這個國家的法律，不過十九歲男性告訴十三歲少女混帳處男這個詞彙的意思，大概算是犯罪吧。說到底，要告訴瑟蕾絲處男這個詞彙，感覺有必要連各種先備知識都一起說明啊。最好還是別這麼做。

「我說啊，首先妳要知道一個前提，像是花朵有雄蕊跟雌蕊，對吧？」

「豬先生？」

潔絲為什麼笑得那麼燦爛啊？

「也有花瓣與花萼。在成為花朵雛形的部分上，有三種類型的轉錄因子會分別在不同地方顯現出來，形成這四個部分。所以舉例來說，假設這三種類型當中負責雄蕊與雌蕊分化的轉錄因子沒有順利發揮作用，就會變成只有花萼與花瓣的花，亦即所謂的重瓣花。這對瑟蕾絲來說是不是還有點複雜呢？」

潔絲疑惑地微微歪頭。

「您這是在說什麼呢……？」

說什麼……我只是在說明形成花芽的ＡＢＣ模型啊？

「真是的，潔絲妳到底從雄蕊與雌蕊聯想到哪裡去啦？」

「我……我才沒有聯想到其他事情！」

潔絲臉頰泛紅，感覺像是情不自禁地大喊出聲。

仔細一想，十九歲男性向十六歲少女做出這種發言，也絕對算是犯罪吧。

只是因為外表是一隻可愛的豬，這種行為才能獲得原諒。

「根本沒有獲得原諒喔……」

看來沒那回事。

瑟蕾絲一臉心神不寧似的看了我們一陣子，微微張開嘴，接著又閉了起來，看起來像是有話想說的樣子。

「怎麼啦？妳果然還是很好奇那句話的意思嗎？」

我在被潔絲怒瞪的狀態下這麼詢問，結果瑟蕾絲看似有些害怕地左右搖了搖頭。她似乎從潔絲的態度察覺到那是不能提起的話題。

「不是……其實是那個……雖然真的是無關緊要的小事……雖然根本不值一提……」

「沒那回事唷。請儘管說出來吧。」

聽到潔絲這麼催促，瑟蕾絲開口說道：

「我……其實不是十三歲，我已經十四歲了。」

「哎呀，原來是這樣呀！」

潔絲輕輕地拍手慶祝。

瑟蕾絲似乎很在意我在內心把她當成十三歲的這件事。

一旦到了我這個年齡，有時甚至還會忘記自己今年幾歲。但像瑟蕾絲這麼年輕的話，果然一歲之差也不容小覷吧。

「原來是這樣啊，不好意思。妳生日是什麼時候？」

「呃……是這個月的一四日。」

也就是二之月一四日嗎？在我那個世界不就是情人節嗎？

修拉維斯的生日是二之月八日，隔天發生了「十字處刑人」事件，瑟蕾絲的生日就在那之後沒多久。但她跟解放軍分散兩地，根本沒那個閒情逸致慶生吧……

「不就是最近而已嗎？祝您生日快樂！」

「謝……謝謝您……」

「真是可喜可賀啊。生日快樂。」

「哪裡的話……並沒有什麼可喜可賀的……」

即使又長了一歲，她似乎還是一樣容易自卑。

「妳慶生過了嗎？」

聽到我這麼詢問，瑟蕾絲似乎想起了什麼，有些開心般地露出笑容。

「是的。雖然發生那種事件後，大家都手忙腳亂的……但生日當天我也跟諾特先生一起讓大家幫忙慶生……雖然我只是順便的而已……」

潔絲感到有些不可思議地詢問：

「咦……這樣的話，表示瑟蕾絲小姐與諾特先生是同一天生日嗎？」

瑟蕾絲非常好懂地搔了搔後腦杓，同時害羞地點頭表示肯定。

想不到居然有這樣的緣分。

誕生在情人節，況且生日還是同一天，可以說實在太湊巧了。

這完全是命中注定。身為力推諾瑟的人，這個新事實令人感動萬分。

「不，那個……不是什麼命中注定。」

剛才那些話是我的內心獨白耶。

「不是命中注定的話，要叫什麼？你們同一天生日這件事不存在必然性吧。」

「呃……是存在的。」

我跟潔絲都感到納悶。同一天生日這件事真的會存在必然性嗎？

「瑟蕾絲小姐與諾特先生其實是雙胞胎嗎……？」

「這對雙胞胎也差太多歲了吧。」

「說不定諾特先生其實才十四歲唷。」

「這個十四歲少年也太帥了吧……」

這樣就是國中生了，要怎麼辦？

見我們擅自進行著推論，瑟蕾絲一臉過意不去地說道：

「呃，諾特先生不知道父母親是誰，所以也不曉得自己真正的生日。直到我詢問為止，他似乎也不曾在意過自己的生日。」

原來如此，是這麼回事啊。

「雖然我也不曉得自己的父母親是誰，但因為我是耶穌瑪，起碼知道自己的生日……我向諾特先生表示，總是我單方面讓他幫我慶生很過意不去，結果諾特先生就說了：『那我的生日就當作是跟妳同一天吧。這樣也很難忘掉，不錯吧。』」

「哦！原來是這樣呀！」

潔絲雙眼閃閃發亮，雙手合十。

「對……後來每年諾特先生幫我慶生的時候，我也會幫諾特先生慶生……雖然諾特先生好像對別人幫自己慶生這件事不感興趣的樣子。」

這個諾瑟插曲的提供實在太過突然，我的腦袋跟不上發展。

要是有人對自己這麼說，會迷戀上對方也是很正常的吧……

「才沒有迷戀上什麼的啦……」

那是內心獨白喔。

「不是的。因為諾特先生他……那個，對我來說就像是哥哥一樣的存在。」

哦，原來如此。

我可以再重播一次嗎？

對我來說就像是哥哥一樣的存在——

✂哥哥✂

——哥哥。

哥哥。哥哥。哥哥。哥哥。哥哥。哥哥。哥哥——

「為什麼豬先生要把瑟蕾絲小姐的發言剪下其中一部分，在腦海中反覆好幾次呢？」

潔絲開始氣呼呼地鼓起臉頰了。

「不，我只是把記憶剪輯成短片，保存在妹妹資料夾裡面而已。」

儘管潔絲似乎不太明白「資料夾」的意思，卻好像掌握到大概的含意，以冰冷的眼神俯視著我。

「您真是個見異思遷的哥哥呢。」

✂哥哥✂

——哥哥。

哥哥。哥哥。哥哥。哥哥。哥哥。哥哥。哥哥。哥哥——

見異思遷地豐富了妹妹資料夾內容的我，被瑟蕾絲與潔絲投以彷彿在看豬一般的視線。跟計畫的一樣。

老實說對我而言，就連那樣的視線都是一種獎賞。

在已經快換日的深夜，瑟蕾絲像是察覺到什麼般地爬起身來。我們正在下行的河川即將在不遠的前方流入湖泊。

可以從雲的縫隙間窺探到密度異常的星空，銀白色光芒投射在夜晚的湖泊上。是一片廣闊的湖泊，周邊被平緩的山脈斜坡包圍，中央僅有一座小島，島上蓋著一座孤伶伶的古城，有亮光從小窗戶隱約流瀉出來。

「瑟蕾絲小姐，您怎麼了嗎……？」

一直很安分的瑟蕾絲突然抬起上半身，心神不寧地緊盯著古城。配上她的長睫毛與大眼睛，就彷彿被肉食獸嚇到的鹿一般。

「我對那棟建築物有印象。」
是覺得哪裡不對勁嗎？瑟蕾絲一邊搓揉著含蓄的胸部正中央，同時這麼說了。
「妳去過那裡嗎？」
「不……我應該沒有來過這一帶才對……」
她貼在心臟附近的手緊緊地抓住衣服。
「…………！」
「您怎麼了，不要緊嗎？」
潔絲連忙扶住瑟蕾絲，小船驚險地搖晃起來。瑟蕾絲靠在潔絲身上倒下了。
「我的胸口……感覺好痛。」
「我冒犯一下唷。」
潔絲匆忙地解開瑟蕾絲衣服的扣子，可以稍微瞥見她瘦骨嶙峋的肌膚。
「咦……這是我可以盯著看的場面嗎？」
「不可以。」
我想也是。
我一邊沮喪地垂下耳朵，一邊面向後方。
立刻傳來了潔絲猛然倒抽一口氣的聲音。
「……這是！瑟蕾絲小姐，究竟是怎麼回事……」

「究竟是怎麼啦？」

「那個……在潔絲小姐和豬先生從深世界回來時變得很嚴重……之後就一直是這樣……」

「一直什麼樣啊？」

「這樣一點都不正常喔。您有找哪位商量嗎？」

「……沒有，潔絲小姐是第一位看見的。」

「瑟蕾絲小姐，您為什麼要忍到變成這樣……」

「忍到變成怎樣？？？」

我忍不住轉過頭看，結果響起了嘩沙的聲音，我的視野被黑布給覆蓋住。是潔絲用魔法蒙住了我的眼睛。

「這樣太過分了吧，我是擔心瑟蕾絲的胸部……」

沒有任何回應。取而代之的是出現了一段潔絲與瑟蕾絲可以默默溝通的時間。

「我知道了。好了，豬先生，您可以看嘍。」

黑布被拿掉了。只見瑟蕾絲被潔絲抱著，衣服領口的扣子已經被扣回原位，只有胸部的中央部分解開了扣子，裸露出底下的肌膚。

瑟蕾絲的肌膚隱約散發出白色光芒，彷彿龜裂一般令人不忍直視的傷痕以胸骨為中心蔓延開來，那傷痕還散發著白色光芒，光芒甚至照亮衣服的內側。

「這不就是把契約之楔刺進去的地方嗎？」

正當我想仔細觀察時，潔絲若無其事地用身體妨礙我的行動，我也不服輸地推擠回去。她一邊與我展開安靜的戰鬥，同時開口詢問：

「……瑟蕾絲小姐，您一直都感到疼痛嗎？」

「不是一直。偶爾……會像這樣，照理說明明沒看過，但不知為何覺得好像看過，陷入一種奇怪的心情之際，就會疼痛起來。但痛成這樣還是第一次。」

我一邊跟潔絲互相推擠，一邊與她對望，思考起來。

刺進契約之楔的地方會疼痛──疼痛的條件是產生不可思議的既視感時。

「瑟蕾絲，除此之外，妳看到什麼東西時會有既視感？可以舉例一下嗎？」

「我想應該是看到從古早以前就存在的建築物……像是這樣的城堡，或是大聖堂之類的。」

也就是說，那是以前的人留下的記憶嗎？但那些記憶為何會轉移給瑟蕾絲？

「潔絲，這說不定是跟契約之楔相關的寶貴線索，有詳細調查的價值。」

「……您是要詳細調查瑟蕾絲小姐的身體嗎？」

她講得好像我很想調查瑟蕾絲的胸部一樣啊。

我又不是變態，怎麼可能有那種想法呢……！

「不是的，是要調查既視感的對象。瑟蕾絲覺得她好像看過蓋在那座島上的古城，對吧？而在她有那種感覺的同時，刺進楔子的地方會疼痛起來。說不定那座古城有關於楔子的線索。我們沒有其他門路了，沒道理不去調查那個地方。」

「說得也是呢……」

潔絲有些憂鬱的眼神看向古城，我明白她的擔憂。古城蓋在孤伶伶地漂浮在湖泊中的島上，是湖上的古城。正被王朝軍追捕的我們要是前往那種地方，萬一被發現就無路可逃了。

「沒問題的。我們一路上都很小心地避開赫庫力彭吧，也還沒被王朝軍發現，目前沒有人知道我們的所在處。就算追兵要地毯式搜索這條水路，也得花上好一段時間才對。只要別拖太久，應該有餘力去調查一下。」

「我明白了。我們走吧。」

潔絲好好地把瑟蕾絲衣服的扣子扣回去後，用槳開始划起小船。她的手明明很細，船卻強而有力地向前邁進，進入湖泊。

湖面因為風吹而安穩地搖晃著。由於天色很暗，雖然不清楚水深到底如何，但似乎相當深的樣子。我們筆直地朝小島前進。

小船發出叩咚的輕快聲響，抵達了棧橋。棧橋上還繫著另一艘漂亮地漆成白色的小船，應該是古城的主人平常使用的船吧。有一條平整的坡道從棧橋延伸出去，描繪著平緩的曲線，通往古城所在的高台上。

我們走下船，朝古城前進。道路周圍種植著許多種類的庭園樹木，都照顧得十分妥善。冬季白花的優雅香氣乘著冰冷的風被傳送過來。

「這裡說不定住著很有錢的大富翁啊。」

「嗯，看起來像是呢。」

潔絲抬起頭看向古城。雖然是感覺有些老舊的石造建築，但並沒有哪裡損壞，窗邊甚至還裝飾著花朵，是有人很寶貝地守護著的場所。

在莊嚴的入口大門旁，掛著一塊用木板製成的看板。

歷史浪漫與寶物的堡壘　路西耶城

請隨時自由地呼喚我們

這個「隨時」一定不包括深夜在內吧。不過有溫暖的亮光從窗戶流瀉而出，說不定還有人醒著。

我們正遭到國家追捕，沒有時間慢慢來了。

潔絲下定決心叩響門環。

「來了來了～」

立刻有個比想像中還要稚嫩的聲音回應了我們。沉重的門扉發出嘰咿的聲響打開了。出來迎接我們的，是個看起來比瑟蕾絲還要年幼的少女。她將筆直的金髮剪得像人偶一般整齊，戴著附帶深紅緞帶的髮圈，身上穿著以黑白兩色為基調的俐落女僕裝。從她的身上看不到一絲紊亂。

「您好！歡迎來到歷史浪漫與寶物的堡壘，路西耶城！我從窗戶看到各位大駕光臨嘍。」
少女以感覺很機靈的開朗聲音這麼說，並活潑地指著窗戶。
不過，她迎接來賓的方式還真像是主題樂園的工作人員啊……
「這麼晚還來打擾，真的很抱歉。有點事情想拜託您。」
聽到潔絲這麼說，女僕少女望向歷經風霜的瑟蕾絲，接著一瞬間看向了我這隻豬。少女將食指貼在下顎，似乎在思考什麼。
「兩位是逃命過來的呢。」
她將身體稍微傾向這邊，這麼低喃了。
被她說中了我們的狀況，氣氛緊張起來……不過，從瑟蕾絲的打扮和訪問時間來看，我們很明顯地不是普通訪客吧。
是感受到潔絲與瑟蕾絲的不安嗎？少女親切地朝這邊露出稚氣的笑容。
「不要緊的，我也是耶穌瑪。請進來吧，我介紹老爺子給各位認識。」
雖然不是很清楚狀況，但從少女身上感受不到危險的氣味。
她迎接我們進入古城，並帶領我們到客廳。裡面鋪設著古董級的地毯，地毯上並排著充滿高級感、古色古香的講究家具。牆邊的暖爐裡，可以看到所剩不多的木柴搖曳著微弱的火焰。
暖爐前方有個白髮老人坐在別具一格的椅子上，愜意地休息。
那是鋪有紅色座墊的扶手椅，左右兩邊還附帶木製的大車輪，簡直就像輪椅。扶手上鑲著黃色立斯塔，老人一摸那個部分，車輪就自行動起來，椅子轉向了這邊。

對方是位臉上有著深深皺紋，看起來相當年邁的老翁。梳理得十分柔順的蓬鬆白髮，配上形成對比的烏黑色睡袍，還有深紅色的膝上毯。老翁的容貌看起來十分親切且穩重。

「兩位小姐，歡迎妳們來到歷史浪漫與寶物的堡壘，路西耶城。」

低沉從容的聲音也蘊含著高貴的氣質，給人一種完全就是有錢老人的感覺。

像是主題樂園的工作人員會說的歡迎詞，看來似乎是老人的招牌台詞。

「在那邊坐下吧，我立刻準備熱茶。艾莎莉絲！」

剛才那名少女被稱作艾莎莉絲，在老人吩咐前就先一步行動，把圖案時髦的茶具組放在托盤上端了過來。她看似愉快的步伐讓茶杯在茶碟上喀嚓喀嚓地搖晃著。

潔絲與瑟蕾絲就這樣順著老人的歡迎坐到了沙發上。我在潔絲腳邊蜷縮成一團。

「自我介紹晚了呢。我叫做古蘭，是這座歷史浪漫與寶物的堡壘——路西耶城的城主。」

該不會這座古城的名字也包括了「歷史浪漫與寶物的堡壘」在內吧？

「而她叫做艾莎莉絲，負責照顧我的生活起居。兩位小姐呢？」

我叫潔絲、我叫瑟蕾絲——兩人各自報上了名字。我叫豬。

「是嗎？這樣啊，很棒的名字。」

明明是很突然的深夜訪問，自稱是古蘭的老翁卻非常爽快地歡迎我們到來，爽快到讓人覺得不可思議。

是看到潔絲一臉不安的表情嗎？古蘭抖肩笑了笑。

「別擔心，我隨時都很歡迎訪客來參觀。到了這把年紀，就睡不太著了啊。不過艾莎莉絲可能差不多該睡了吧？」

艾莎莉絲一邊將托盤放到桌上，同時用力地搖了搖頭。

「不，畢竟是久違的客人嘛！況且今天我有午睡，再一下就好。」

「是嗎？這樣啊。」

話題就在我一頭霧水的狀態下進展下去。我們看來就一副歷經風霜的模樣，這個老人難道以為我們會在這種深夜前來觀光嗎？

還是說他知道我們是逃命過來的，但盡量不提這件事？

雖然我們沒有特別拜託，但在艾莎莉絲泡茶的期間，感覺很親切的古蘭有些自豪似的開始說明這座古城。

「這裡在白天是更加美麗的地方喔——」

他一打開話匣子就說個不停，所以我來概括一下吧。

這座歷史浪漫與寶物的堡壘路西耶城，據說是老人的一族自古以來守護至今的古城。無論以前或現在都有得天獨厚的獨特景觀，在世界變得奇怪前，有許多旅人會來造訪參觀，此外也經常出租房間供人住宿。

他們異常友善的歡迎氛圍、這座古城的神祕別稱，以及感覺十分熟練的款待方式，都是因為有這樣的內情。我們明白原因之後，不禁鬆了口氣。
「因為好一陣子沒客人來訪了，無論是怎樣的理由，兩位小姐光臨此地都讓人非常開心。機會難得，兩位大可好好休息一下再走。這座古城的事情我無所不知，如果有什麼感到好奇的事情，儘管問我吧。」
這正合我意。為了摸索出瑟蕾絲那種既視感的真面目，就算只有一點也好，我們都想要關於這座古城的情報。
潔絲喝下氣味芬芳的茶喘口氣，我以內心的聲音向她講悄悄話。
（這個老爺爺看起來對古城的自豪非比尋常。只要積極地表現出感興趣的模樣，他說不定會主動提起各種關於古城的事情。）
——原來如此，這是個好主意呢。
潔絲稍微環顧了客廳，隨即面向古蘭。
「請問……這座古城該不會在哥索爾風格中也是特別初期的建築吧？挑選石材顏色的方式看起來非常獨特。」
古蘭滿是皺紋的雙眼瞪得老大，目不轉睛地看著潔絲。
「……天啊！這位小姐，看來妳對建築相當熟悉。妳以前是侍奉建築方面的名門嗎？其實誠如小姐所言，歷史浪漫與寶物的堡壘路西耶城在哥索爾建築中也算是最初期的建築，嚴格一點來說，反倒是在哥索爾風格這種概念出現前就有的城堡，換言之，是可以稱為始祖、如同紀念碑一般的建築。」

古蘭瞪大的雙眼就這樣閃閃發亮起來，看似很開心地滔滔不絕。

雖然我試著命令潔絲積極地表現出感興趣的模樣，但沒想到她會表現得這麼好。

應該說，哥索爾風格是什麼啊？

「原來如此，是這樣呀！也就是說，這座古城比王曆還要更早之前就存在了呢。我對這裡的歷史很感興趣。雖然已經夜深了，但假如您方便，能否請您告訴我更詳細一點的內容呢？」

就像潔絲自己說的一樣，在這樣的深夜提出這種要求，實在相當厚臉皮。

但古蘭的白色長眉毛很開心似的往上挑起。

「當然好，當然好！那甚至可以說就是我的生存價值啊。」

古蘭摸了摸扶手的立斯塔，椅子便這樣載著他轉了一圈，轉向走廊那邊。

「機會難得。首先讓妳看看我長年收集至今的這個村莊的寶物吧。」

古蘭的扶手椅變成了以立斯塔為動力的輪椅。他藉由觸摸立斯塔來操作椅子，自由自在地到處移動。在艾莎莉絲用跑的去拿鑰匙的期間，古蘭帶我們前往古城深處。

（幹得漂亮，潔絲。）

——謝謝您的稱讚。

城裡的內部裝潢雖然古老但工整，錯綜複雜的走廊怎麼看都看不膩。儘管是深夜，但靠立斯塔閃耀發亮的魔法提燈用溫暖的光芒照亮著各處。

以觀光來說是相當愉快的體驗，但也不是能一直悠哉下去的場面。反倒該說現在這種時候，我們本來應該儘快遠離王都才行。

不過，瑟蕾絲的既視感與胸部的疼痛實在讓人非常在意，就這樣置之不理實在太可惜了。不管什麼事都行，總之我們想要盡量多得到一點關於契約之楔和路塔的情報。

為此，有必要盡可能從這個開朗的老爺爺身上打聽出更多事情。

古蘭帶領我們前往的地方名叫「寶物之間」。我們在堅固的門扉前等了一陣子後，艾莎莉絲便拿著鑰匙跑過來了。

門扉被打開，潔絲發出歡呼聲。

在天花板很高的大房間裡，擺滿了各式各樣的物品。雖說是寶物，但大部分物品與其說是金銀寶石，更偏向繪畫與雕刻、家具和地毯之類的美術品及工藝品。

大大地裝飾在正面牆壁上的是一幅美麗的油畫，描繪著中心處有一座陡峭岩山的城鎮。城鎮的四方被山脈包圍，中央的岩山上蓋著城堡。雖然不曉得是哪裡的城鎮，但從這幅畫被擺在最醒目的位置這點來看，可以推測它是很特別的油畫。

話說回來，這些收藏的數量還真是驚人啊。也有許多應該相當古早的物品，甚至還有已經徹底變色成褐色的大理石雕像。

「這座雕像是長久以來一直在村莊的聖堂裡裝飾著祭壇的女神像。暗黑時代以前，每個城鎮都各自有稍微不太一樣的信仰。信徒們相信這位女神會帶來豐收，誠如妳們所見，她有非常豐滿的乳房——」

古蘭興高采烈地這麼向我們解說寶物，流暢的說明一定是至今帶領客人遊覽無數次的成果吧，他接連地向我們介紹各種歷史悠久的物品。是因為久違的訪客讓人開心嗎？他看起來非常亢奮。例如他一邊說明，一邊用滿是皺紋的手看似憐愛地撫摸搓揉非常豐滿的乳房。

「瑟蕾絲小姐，請您到處看看，如果有什麼東西讓您覺得很在意，請告訴我們喔。」

「好的……我試試看。」

潔絲與瑟蕾絲在古蘭後方小聲地交談。

我為了避免引起無謂的關注，極力假裝成一隻普通的豬，幸運的是艾莎莉絲看來對我沒什麼興趣的樣子。除非特地把注意力放在我身上試圖得知我的想法，否則似乎無法看到我的內心獨白。她在我眼前天真無邪地蹲下，伸手撫摸我時，我捏了一把冷汗，但我像隻豬一樣地用嚄嚄聲填滿腦內，藉此逃過一劫。我之所以沒有把視線從她蹲下來的雙腳之間移開，是因為比起擺出紳士的態度，我更優先表現出一隻豬會有的行為。絕對不可能是我有什麼邪念。

古蘭沒有露出絲毫疲憊的模樣，繼續導覽。

「這邊的白瓷豬是以前擺放在公共浴場的物品。妳們能看到牠身上黏著溫泉成分嗎？就像這個被塑造得很大的睪丸所象徵的一樣，豬象徵著人類的邪念，作為對村民的某種訓誡——」

為何潔絲會在這邊看向我呢？

我們前進了一陣子後，潔絲忽然插嘴打斷老翁流暢的說明。

「那個，古蘭先生。」

古蘭停下他看似憐愛地撫摸著歷史悠久的鍍金馬桶的手，轉頭看向潔絲。

「怎麼了嗎？」

「呃，我有一點好奇……您從剛才開始一直提到的村莊，究竟是指哪裡的村莊呢？」

這麼說來，潔絲這番發言讓我想到這裡是漂浮在湖上的小島，周圍並沒有看到疑似村莊的場所。雖然我聽得理所當然，但確實讓人感到疑問，所謂的村莊究竟是指什麼呢？

「問得好！我一直在等妳這麼問！我一直覺得如果是小姐妳，一定會開口詢問的。」

古蘭露出到目前為止似乎最為開心的表情，提前結束了關於馬桶的說明，接著用輪椅靈活地穿過形成隊伍的雕像之間，帶領我們到最深處的牆壁前面。

是最引人注目的大型油畫，描繪著圍住岩山的城鎮。

「這就是路西耶。這個村莊是我的故鄉。」

瑟蕾絲目瞪口呆，但潔絲則是猛然倒抽一口氣。我也總算察覺到了。

位於岩山頂端的就是我們目前所在的路西耶城。而周圍的村莊——

「難道是沉入湖底了嗎？」

對於驚訝的潔絲，古蘭點頭肯定，表示正是如此。

「這個路西耶以前是甚至被稱為小波茲皮姆的美麗村莊。不過山脈在暗黑時代遭到摧毀，麥爾河被堵住，除了這座城堡以外都沉入湖底了。」

我們剛剛才沿著那條麥爾河下來到這裡，搭船所渡過的那片湖泊，以前曾經是村莊。應該是下游部分的山谷被埋起來，導致河川的水淹沒了村莊吧。

「波茲皮姆是指以前位於北部的城池吧。」

「正是如此。妳這麼年輕，卻懂得很多呢！」

「我也曾經目睹過一次！街景非常美麗。」

我心想潔絲這是在說什麼——這麼說來，我們待在深世界之際，好像曾經窺探過暗中活躍的術師的故鄉啊，記得是叫波茲皮姆。那裡也是中央有座巨大的岩山，像是要圍住岩山般地建造了城市。如果要形容這幅圖畫的村莊，感覺小波茲皮姆這個詞彙非常合適。

雖然我們那時看到的波茲皮姆，早就被岩塊摧毀山上的城堡，城市也被燃燒殆盡了……

「怪了……小姐，波茲皮姆應該是在大約一百三十年前就遭到破壞的城市。」

古蘭的低喃讓潔絲明顯地動搖起來，想必是察覺到自己不小心說了多餘的話吧。一般來說，年僅十六的少女不可能看到一百三十年前就遭到破壞的城市。

「啊，呃，我是在畫裡看過的！我說得好像自己很懂一樣，對不起。」

「是嗎？這樣啊，沒關係的。不過，想不到居然還殘留著畫，真教我吃驚呢。因為暗黑時代以前的紀錄，照理說都被王朝嚴格取締過了……特別是關於波茲皮姆的部分。」

「『特別是』？」

古蘭稍微壓低音量。

「波茲皮姆的國王體貼且溫柔，以身為不好戰的賢者聞名。明明如此，拜提絲卻單方面地破壞了一切……所以對王朝而言，沒有比這更不想讓人知道的真相了吧？」

「原……原來是這樣呀……我以前都不曉得……」

「很好！」

古蘭簡直就像個小孩一樣，露出牙齒笑了。

「小姐很勤奮好學，看來對以前的事情也很感興趣的樣子。我就特別讓妳觀賞我祕藏的畫廊吧。要是被王朝的人知道就傷腦筋了，不管發生什麼，都不能說出去喔。」

「謝……謝謝您。」

古蘭似乎要帶我們參觀更深處的樣子。

在寶物之間的一角，裝飾著大型掛軸。只用白布遮住前面的金髮少女坐在浴缸邊緣——掛軸上描繪著這樣的情景。古蘭打了個暗號後，艾莎莉絲便掀開掛軸。

只見掛軸後面藏著一扇黑色的金屬門。艾莎莉絲打開門鎖。

「來，請進！」

被打開的門扉另一頭是一條沒有窗戶的通道，並列在牆壁上的一大排提燈接連地點亮起來。

坐在輪椅上的古蘭在前頭帶領我們進入隱藏通道。艾莎莉絲在最後面關上門鎖。

古蘭一邊前進，一邊向我們說明：

「這條通道是朝著地下延伸的，以前可以從山腰到外面去……但現在出口就如同你們所知，沉到水裡了呢。我的腳也變得不良於行，目前是當成祕密畫廊在使用。收藏在這裡的是我們一族代代躲過王家的審查，一直保護至今的貴重寶物。」

牆壁上裝飾著描繪了各種城市的繪畫。

潔絲情不自禁似的發出嘆息。

「這……有好多不曾看過的城市……莫非這是西南部的城市？」

「正是如此。這些城市以前就位於如今被稱為西方荒野的地帶，無論哪座城市都在暗黑時代之前因為無謂的戰鬥消失了。妳知道嗎？全盛期的梅斯特利亞大概有現今約十倍的人口在生活喔。那些寶貴的文化也伴隨著人們和城市一起消失了。」

「……我以前都不曉得。」

潔絲的聲音像是感到過意不去似的，變得有氣無力。

「妳不知道是正常的，因為這些都是王朝用暴力葬送掉的真相。」

古蘭的語氣變強硬起來。

「不過就算是王朝，也不可能埋葬所有歷史的證據。不只是這裡，全國各處都殘留著過去的痕跡。」

古蘭忽然轉頭看向瑟蕾絲。

瑟蕾絲雙手按著胸口，注視著某一幅油畫。

「這位小姐在觀賞的城市就是一個顯著的例子。很美麗吧，這是死城赫爾戴。」

油畫以細膩的筆觸描繪出城市的模樣，彷彿要穿破天空似的並列著兩座黑白巨大尖塔，郊外的山腰上可以看見砌磚的城堡。

「……瑟蕾絲小姐，您很在意這幅畫嗎？」

瑟蕾絲按住胸口，點頭同意潔絲的提問。潔絲的手輕輕地抱住瑟蕾絲的肩膀。

「古蘭先生，請問赫爾戴……以前是怎樣的城市呢？」

「雖然現在是被遺棄的城市——但那個地方從以前就一直被稱為祕境，因為交通實在太不方便。我曾經造訪過一次，感覺那塊土地散發著不可思議的氛圍。那裡有個不可思議的墳墓，埋葬著據說在太古以前就已經死亡，擁有神奇力量的男人。」

潔絲與瑟蕾絲互相對望。

如果瑟蕾絲對這個城市也有神祕的既視感——一定很值得前去造訪。

潔絲走近繪畫，目不轉睛地注視著。她的褐色眼眸彷彿要掃描畫布似的左右移動，接著在某個地方停住了。

「啊，這是……」

潔絲指著畫裡的城堡。

雖然就憑豬的視點無法看得很清楚，但上面似乎描繪著什麼小小的東西。

「喔，小姐妳眼睛真尖啊。這裡用某種堅硬的東西刻著三角形符號，雖然不曉得有什麼含意就是了。一定是後來被加上的塗鴉吧。」

潔絲用雙手手指擺出直立的等腰三角形給我看。

難道說——我這麼心想。

如果不是純粹的巧合——這是契約之楔的符號。

是我們在「邂逅瀑布」找到楔子的時候，牆上也刻印著的符號。

「請問！該怎麼做才能前往這裡呢？」

潔絲十分積極的提問讓古蘭露出感到不可思議的表情。

「妳應該不會是想去尋死吧？」

「那個……不，不是那樣的……我只是單純很感興趣而已。」

「是嗎？這樣啊，單純感興趣是很重要的事呢。這裡有地圖。雖然不管要從哪裡出發，路程都相當複雜，但其實從這裡出發的話，就有一小段捷徑——」

就在這時，傳來了某些聲響。

古蘭停止說話，閉上了嘴。笑容迅速地從他的臉上消失了。

通道瞬間安靜了下來。我側起豬耳傾聽，結果聽見不規則的聲響。

敲門聲從遠方迴盪過來，感覺敲門的方式有些粗魯。

「哎呀，是訪客嗎？」

艾莎莉絲連忙準備返回來時的道路。

古蘭從輪椅上迅速地伸出滿是皺紋的手，制止了艾莎莉絲，靜靜地搖了搖頭。

「千萬別過去。」

感覺他冷靜的聲音中蘊含著一絲緊張。

「……我去應門。妳就在這裡等著吧。」

「但老爺子您……」

艾莎莉絲一臉為難地看向輪椅。

「明明不曉得是誰來訪，總不能讓妳一個人去應門吧。妳就跟兩位小姐一起躲在這裡。有什麼萬一之際，妳明白該怎麼做吧。」

古蘭操控輪椅，返回前來時的道路。艾莎莉絲急忙地先跑到前面幫忙開門，讓他通過。輪椅離開房間後，艾莎莉絲便把門牢牢地關上。

潔絲的臉色變得一片蒼白。我也是一樣的心情。

……在這種時間造訪這座古城的客人，究竟是何方神聖？

有可能是久違的觀光客碰巧跟我們挑在同一天來訪嗎？

不得不說這種可能性太低了。

「請問……兩位小姐和豬先生究竟是從哪裡逃過來的呢？」

艾莎莉絲委婉地詢問。

潔絲的眼神稍微瞥向旁邊。

「是……是從基爾多利那邊來的。您知道基爾多利嗎？是位於南邊的城市。」

「是的，當然知道，畢竟就在那間修道院所在的巴普薩斯的南邊嘛……但我沒聽說那邊的邀請已經變得那麼嚴格了呢。」

邀請很嚴格——她這種說法讓我覺得不太對勁。是怎麼回事呢？

艾莎莉絲一臉無奈似的笑了笑，同時抬頭仰望潔絲。

「我最近不太明白國王大人究竟打算要做些什麼了。明明世界變得這麼奇怪，卻沒有任何說明……況且才在想怎麼突然解開了項圈，就被邀請前往王都。沒有任何解釋就受到這種邀請，只會讓人感到可疑。」

艾莎莉絲輕輕地將手貼在纖細的脖子上。

直到兩星期前為止，那裡一定還套著沉重的銀製項圈吧。她纖細的鎖骨上隱約可見應該是項圈痕跡的瘀青。

她的主張讓潔絲沮喪地露出消沉的表情。

「就是說呢……」

「咦，為什麼是潔絲小姐要露出一臉過意不去的表情呢？」

「啊，不是，那個……該說過意不去嗎，應該說我也是一樣的心情。」

潔絲以苦澀的表情露出微笑。

「對吧？或許您也知道，王都目前好像也停止提供立斯塔嘍。明明有很多人像老爺子一樣，沒有立斯塔會很不方便生活呀。」

「古蘭先生他……行動不太方便呢。」

「對，他已經上了年紀了，所以我才不想前往王都。畢竟我不在的話，老爺子就沒辦法生活了。」

這個名叫艾莎莉絲的少女雖然年幼，但看來非常有主見，說的話也條條有理，讓人感受到她接受了良好的教育。

「況且老爺子對我很好喔。我從未有過不想在這裡當侍女的念頭。」

她彷彿想一吐為快似的繼續說道。

「老爺子說是為了避免對客人失禮，教了我這個耶穌瑪許多事情，像是關於古城的事、村莊的事、歷史的事，還有王朝至今做過的各種惡行。我知道的，避免對客人失禮只是個藉口，老爺子是把我當成孫女一樣很寶貝地在養育。我不想跟老爺子分開生活。」

是不禁激動起來了嗎？這些話說到一半之際，艾莎莉絲的雙眼就開始浮現出淚水了。潔絲大吃一驚，慌張地擺動著手。

「兩位一定能一起生活的！」

「真的是那樣嗎？」

艾莎莉絲看向緊閉的門扉那邊。去看情況的古蘭還沒有回來。

「我果然還是認為國王大人的做法是錯誤的。要是諾特先生他們的解放軍可以打倒王朝就好了。」

突然冒出諾特的名字，讓瑟蕾絲的肩膀抽動了一下。潔絲雖然假裝平靜，瑟蕾絲卻沒辦法掩飾她的動搖吧。

是聽見了內心的聲音嗎？艾莎莉絲目不轉睛地注視著瑟蕾絲。

「瑟蕾絲小姐您……見過諾特先生嗎？」

「啊，呃，我曾經稍微見過……」

「原來是這樣呀！真羨慕您。噯，他長得怎麼樣呢？我曾聽說他是個容貌非常端正的美青年。」

艾莎莉絲似乎對諾特相當感興趣，看起來也像是在無法離開這裡，什麼都辦不到的狀況下，總之想用聊天來轉移注意力的樣子。

聽到她這麼問，瑟蕾絲的臉頰稍微泛紅。

「……他是一位非常英勇且傑出的人物。」

「果然沒錯！真好呢，只要一次就好，我也好想見見他本人。解放的英雄，諾特……畢竟他是全梅斯特利亞的耶穌瑪們都嚮往的男性嘛。」

我這隻豬只能在旁關心她們的對話。潔絲似乎也找不到可以說的話。

「您知道嗎？瑟蕾絲小姐，據說諾特先生是因為深愛的耶穌瑪女性遭到殺害，才會步上解放耶穌瑪這條路的。聽說他現在內心依舊只有那位女性，是為了她在奮戰。完全是悲劇造英雄──聽起來不是很棒嗎？」

瑟蕾絲低頭面向下方，點了點頭。

「的確呢，聽起來……非常棒。」

周圍飄散著一股非常微妙的氣氛。嘴巴一直忙碌地動個不停的艾莎莉絲似乎也稍微察覺到這種氣氛，她看向門扉那邊，呼一聲地吐了口氣。

「……我去看看老爺子的情況。請各位千萬不要離開這裡喔。」

潔絲一臉擔心地看向艾莎莉絲。

「可是，古蘭先生剛才──」

「我很擔心他。總之，我去看一下情況，馬上就回來。」

艾莎莉絲只說了這些，便急忙打開隱藏門，前往寶物之間。

陰暗的通道上只剩下潔絲、瑟蕾絲與我。

瑟蕾絲面向牆壁。可以聽見她小聲吸著鼻涕的聲音。

潔絲與我面面相覷。我找不到可以對瑟蕾絲說的話。潔絲悄悄地走近瑟蕾絲身旁，抱住她的肩膀。

「瑟蕾絲小姐，我們一定要解決楔子的問題，回到諾特先生身邊。」

「……是的。」

我繞過她們身後，從瑟蕾絲的屁股旁邊看向油畫。

「死城赫爾戴──接著就前往這裡看看吧。」

潔絲從瑟蕾絲的另一邊點頭同意。

「嗯。瑟蕾絲小姐，您跟剛才一樣，又陷入一種似曾相識的感覺了，對吧？」

「……是的。好像陷入一種非常想前往……感覺很不可思議的心情。」

她小巧的手緊緊地按住心臟一帶。

「既然這樣，就更非去不可了。胸口的疼痛或許是某種訊息。那個老爺爺剛才說從這裡出發的話，可以抄捷徑吧？這樣正好。」

「決定了，就這麼辦吧。」

只不過有個問題，就是在這種深夜造訪古城的某人。去應門的古蘭遲遲沒有回來，我有一種好像已經發生什麼壞事的預感。

「那麼，首先來思考怎麼安全地離開這裡吧。萬一王朝軍找到了這裡來——事情就沒那麼簡單了。最糟的情況或許得跟王朝軍一戰。」

「可是，假如連修拉維斯先生都來了的話……？」

「到時候就……到時再說吧。」

最理想的情況是可以不用戰鬥，直接逃走。但是，倘若對方那邊有強力的魔法使在……這邊也得做出一定程度的攻擊才行吧。

我想像潔絲與修拉維斯戰鬥起來的模樣，不禁毛骨聳然。

「……潔絲小姐，對不起，為了我這種人讓兩位這麼費心……」

瑟蕾絲用虛弱的聲音這麼說，看向潔絲。她的大眼睛都哭紅到腫起來了。

潔絲溫柔地露出微笑，輕輕地將手放到瑟蕾絲的雙肩上。

「不要緊的，我們一定會保護瑟蕾絲小姐您。」

「……謝謝您。」

瑟蕾絲將小手輕輕重疊在潔絲的手上。

我們暫時留在陰暗的通道裡等待古蘭和艾莎莉絲。

但他們絲毫沒有要回來的樣子。即使把耳朵貼在通往寶物之間的門扉上，也聽不見任何聲響。我們完全不曉得現在發生了什麼事。

在狹窄的隱藏通道中，我們也不禁感到不安起來。

「這條通道是連接到山腰的吧？可是出口現在沉入水裡了。換言之，這裡就是盡頭了。要是有人進入寶物之間，我們就等於是甕中之豬。」

「甕中之豬……？」

可能是鱉才對吧？

「要不要暫且離開這裡看看？這裡雖然適合躲藏，但摸不清狀況這點實在不行。假如有追兵過來，我們必須先思考一下退路。移動到能夠看清楚周圍的地方吧。」

「說得也是呢，我們走出去看看吧。」

潔絲微微打開門扉，窺探著寶物之間。

「似乎沒有任何人在。趁現在。」

我們讓潔絲帶頭，來到了寶物之間。

「這座古城有高塔吧？如果是從那裡，就能偵察到周圍的狀況。」

潔絲毫不猶豫地點頭同意。

我們從寶物之間來到走廊，一邊小心地留意周圍，同時前往高塔。我們不知道路，只能依靠從外面看到古城之際的記憶與方向感。

「在那邊！」

可以在潔絲手指的方向看到通往螺旋梯的入口。從那狹窄的構造來看，肯定是爬上塔的樓梯。我忽然想到一件事，表示要負責殿後，讓瑟蕾絲先走。

我們沿著狹窄且陡峭的石造樓梯飛奔向上。依序是潔絲、瑟蕾絲、我。我們在沒有窗戶的圓筒形高塔內，專注地繞著圓圈往上爬。

我之所以會接下殿後的任務，真的完全可以發誓沒有其他意圖，百分之百是因為自我犧牲的精神，但如果是豬的視點，就能看見瑟蕾絲的雙腿接近鼠蹊部的地方。應該說只是因為周圍太暗看不清楚，以角度來說其實就是小褲——

「豬先生。」

傳來一個冰冷的聲音，我壓低視線看向下方。的確，負責殿後的人應該集中精神留意後方，而不是盯著前面看吧。我活用豬廣闊的視野，警戒著周圍。

我們來到高塔最上面的房間後，總算出現一扇小窗戶。

我站到擺放在附近的木箱上，與潔絲和瑟蕾絲一起窺探著外面。

然後——我啞口無言。

是從河川過來的嗎？少說有二十艘船像是要包圍古城所在的孤島，漂浮在水面上。可以看見紅色鎧甲——是王朝軍。而在陰天底下有某種生物振翅高飛的影子忽隱忽現——是王朝的龍。

彷彿要攻下一個村莊的軍隊包圍了路西耶城。

「難道說真的……」

聽到我這麼喃喃自語，潔絲立刻說道：

「他們究竟為什麼能這麼迅速地得知這個地方呢？」

的確，即使我們注定遲早會被發現，這未免也太快、太精準了。

「根本像是王朝可以掌握到我們的位置一樣嘛。」

「是呀……」

這樣簡直就像修拉維斯在我們身上裝了設有位置魔法的物品——

「啊…………是手鍊。」

潔絲看似悲傷地這麼說了。修拉維斯託付給我們的銀製手鍊，他要我們找到瑟蕾絲的話就聯絡他，跟信一起交給我們的聯絡方式。

就現況來說，是我們跟修拉維斯唯一的連結。

「妳放在哪裡？得處分掉才行。」
「我目前……一直戴在手上。」
潔絲一臉蒼白地讓我看她的左手腕。
「我把立斯塔拆下來了，所以應該不會被竊聽……但如果是位置魔法……」
「就有可能被裝在手鍊上嗎？」
潔絲悲痛地扭曲面容，點了點頭。
居然有這種事。這樣我們不就像是帶著ＧＰＳ追蹤器在逃亡嗎？
「拿掉吧。得在逃走之前丟掉手鍊才行。」
「嗯。」
潔絲將手指伸向手鍊的扣環，她顫抖的手指手滑了好幾次。
「愣靜一點，反正我們的所在處已經穿幫了，不用那麼著急地拿掉。」
「……不是的，我並不是感到慌張。」
「怎麼了？」
「這個……拿不下來，扣環完全扳不動。」
這實在是太可怕了，還有對於背叛的厭惡感讓我說不出話來。
「難道是修拉維斯用了魔法？」
「說不定是那樣。」

潔絲放棄用手指拿下手鍊，她將指尖稍微移開後，朝向手鍊那邊。

「我也試著用魔法看看。」

潔絲哼一聲地使勁，銀製手鍊便突然發出像是哀號的金屬聲響。

她的額頭浮現汗水，更用力地發動魔法，彷彿哀號的聲響也變得更大聲了。

修拉維斯的魔法十分強力，別說拿下來了，扣環甚至沒有要變形的樣子。

感覺幾乎可以確定這條手鍊被安裝了位置魔法。那傢伙不是為了跟我們聯絡，而是為了掌握潔絲的所在處，才把這條手鍊給我們的吧。他算準了我們會協助瑟蕾絲逃走。

潔絲一邊不時瞄著窗外，一邊著急起來。

「怎……怎麼辦？照這樣下去……我無法跟瑟蕾絲小姐一起逃走。」

一旦帶著瑟蕾絲逃走，便等於是在告訴修拉維斯她的所在處。

但要是離開瑟蕾絲身旁，就無法幫助她了。

「潔絲小姐……我已經不要緊了。」

瑟蕾絲這麼說道。

「您願意幫助我……還說要當我的姊姊，我真的非常開心。但是可以不用管我了，我會自己想辦法的。」

瑟蕾絲擠出聲音這麼說道。潔絲對這樣的她用力搖了搖頭。

「絕對不能放著您不管。」

潔絲看了看手鍊拿不下來的左手，眼皮像是靈光乍現似的動了一下。

「——慢點，潔絲，不可以。」

我瞬間有種預感，試圖阻止潔絲。

但我的豬腳來不及制止。

潔絲的右手將左手連同手鍊用力握住。她咬緊牙關使勁一握後，響起了啪嘰的不祥聲音——那隻右手稍微動了一下。她白皙滑嫩的左手肌膚脫了一層皮，鮮血開始黏答答地滴落。

在我害怕得閉上眼睛的期間，響起了手鍊撞上地板的冰冷聲響。

我睜開眼睛一看，只見被鮮血弄濕的手鍊就掉落在我的眼前。

既然無法破壞手鍊，**只要破壞左手就行了**——這就是潔絲的判斷。

「我不要緊的，因為不是慣用手。」

潔絲用創造出來的白布把左手一圈一圈包起來，同時對我與瑟蕾絲露出微笑。

「喂……不是那個問題吧？」

在我跟瑟蕾絲被嚇到之際，潔絲用右手撿起手鍊，接著以修拉維斯留下的信紙包住手鍊。白紙緩緩地滲出鮮血。

「這個要怎麼辦呢？要留在這裡嗎？」

「……如果要擾亂他們的搜索，或許先把手鍊藏起來，讓他們找不到比較好。」

潔絲看向窗外，高塔面對著湖泊，窗戶底下是水面。我點了點頭。

潔絲感到有些可惜似的眺望手鍊後，大大地吸了一口氣，接著把手鍊連同信紙一起拋向了窗外。

那條手鍊——曾經那麼可靠的修拉維斯給我們的禮物，同時也是與他聯絡的唯一手段——就這樣消失到陰暗的湖底了。

「潔絲小姐，那個——」

瑟蕾絲這麼說並向前踏出一步，拉起潔絲的左手。白布很快就滲出鮮血。

「……謝謝您為了我這種人這麼做。」

瑟蕾絲緊緊地握住潔絲的左手。

潔絲露出驚訝的表情看向瑟蕾絲，隨即鬆開了白布。她的左手已經完全癒合了，是瑟蕾絲用魔法幫忙治療的。

「您不會痛了嗎？」

「嗯……瑟蕾絲小姐，謝謝您。這都是託您的福。」

「欸嘿嘿。」

表情一直沉浸在悲傷之中的瑟蕾絲，這時總算稍微感到開心似的笑了。

我確認窗外的狀況後，向兩人說道：

「好了，來思考逃走的方法吧。這裡沒辦法再前進，我們要回到下面尋找退路。」

「就這麼辦吧。」

我們沿著剛才上來的樓梯快步向下。因為不需要擔心後面的狀況，排列依序是我、潔絲、瑟蕾絲。我一邊走在前頭，一邊向潔絲確認：

「……噯，潔絲，妳剛才用那種方式拿掉手鍊，當然是預料到瑟蕾絲會幫忙治癒，才那麼做的吧？」

「咦？……啊，當……當然嘍！」

總覺得她這種說法好像不是當然呢……

「這次有好好地治癒了所以還好，但妳可別太常動不動就犧牲自己啊。」

潔絲停頓了一會兒後，像是要反抗似的回嘴：

「我才不想被豬先生這麼說。」

或許她這麼說的確很合情合理吧。

我們回到了地上的樓層。我完全想不到任何好計畫，壓根兒沒想到會被這麼龐大的軍隊給包圍。一般會對兩名少女與一隻豬做到這種地步嗎？

……不，如果是修拉維斯，肯定會這麼做。他知道潔絲的魔力有多強，想必不會小看潔絲的能力吧。一定會盡全力來擊潰我們。

實際上，目前水上被船隻圍住，空中有龍防守，我們無路可逃。幾乎要被將軍(checkmate)了。

不巧的是因為我們急著出門，潔絲沒有披上伊維斯那件無敵披風，至於手邊當然沒有什麼魔法道具，我也毫無防備，瑟蕾絲同樣疲憊不堪、傷痕纍纍。就算要挺身戰鬥來突破重圍，目前的狀態實在太讓人不安了。

只不過幸好城內看來還很和平的樣子。對方也相當謹慎吧。畢竟這是漂浮在湖上的孤島，他們肯定認為只要包圍住小島，就不用擔心我們會逃跑。

我們決定靜悄悄地在城內移動，探查情況。

雖然我就連回到寶物之間的方法都不太確定，但潔絲隱約記得並排在走廊上的眾多藝術品和古董品，我們依靠她的記憶選擇前進的道路。

「你們等一下，這樣太粗魯了！」

這時傳來古蘭的抗議聲，我們連忙停下腳步。我們似乎在到處走動之際回到了古城入口這邊，從走廊深處的轉角對面響起好幾個人的腳步聲。這是條能將前方一覽無遺的走廊。

「不妙，我們快躲起來吧。」

聽到我這麼低喃，潔絲慌張地環顧周圍。

「可是，要躲在哪裡？」

這是一條筆直的走廊，也沒有任何門扉。如果要躲藏——

「躲在這張書桌底下！」

並排在走廊上的古董之一——古老氣派的木製桌子。附帶抽屜的桌腳之間正好有可以讓兩個人類鑽進去的空間。我們三人沒有其他選項，急忙地鑽進去那裡。潔絲用魔法變出像是成套的時髦桌布，讓桌布從書桌上垂落到前方。桌布就彷彿窗簾一樣遮蓋住我們的身影。

從底下來看的書桌內側，會發現沒有磨平的木材裸露而出，那個部分宛如曾泡在泥水中般地弄髒了。雖然這空間感覺不太舒服，但這也是無可奈何的吧。

……等等喔。

這時，我察覺到一件完全出乎意料的驚人事實。

這——這種情境不正是一對男女躲在掃具收納櫃裡那種愛情喜劇般的發展嗎？況且這次是右邊有潔絲、左邊有瑟蕾絲的火腿三明治狀態。桌底下的空間比預估的還要狹窄許多，我們擠成一團。

不，這豈止是火腿三明治，該說熱壓三明治嗎……總之可以肯定是美少女的各種部位從左右兩邊壓在我身上的終極狀況。

聞起來真香啊！

「…………」

我從右邊感受到無言的壓力，暫且停止了思考。

我認真地側耳傾聽，可以聽到古蘭的輪椅在瓷磚上移動的聲響，以及幾個全副武裝的人類腳步聲已經來到了附近。

「我知道你在藏匿逃亡者。我是要你告訴我他們在哪裡。」

一個男人的粗魯聲音威脅似的這麼說了。

「我在藏匿逃亡者？你有什麼根據？」

接著是古蘭反駁的聲音。

「棧橋上有一艘小船，是艘簡陋的小船，怎麼想都不是你的東西。」

「我哪知道啊？是有人擅自跑來島上了吧。不好意思，但跟我一點關係都沒有。」

「你這個老人還真是講不聽。我都說了只要你老實招來，就會把那個耶穌瑪還你了。」

可以感受到潔絲在耳邊倒抽一口氣。

接著傳來古蘭憤怒的聲音。

「反正你們根本不打算還我吧。我聽說你們到處把少女們強制帶走喔。她明明一直大喊不願意、不想去，但你們還是硬要把她帶走，我哪能輕易相信你們這種傢伙！」

對方沒有回應。

我的背部脂肪不禁發涼。艾莎莉絲被王朝軍帶走了……？

照理說他們的目標應該是瑟蕾絲，卻帶走了那個毫無關係的少女？

另一個男人的聲音這麼說道：

「夠了，再繼續逼問這個老糊塗也沒用。我們立刻開始搜索吧。」

「這個老人要怎麼處置？」

「他太吵了，就別管他吧。反正光憑他那雙腳，也沒辦法偷偷摸摸地到處行動吧。」

「……知道了。我立刻呼叫支援。」

可以聽見士兵們散會，朝左右兩邊離開的腳步聲。古蘭的輪椅停在我們躲藏起來的書桌前不動。

「……該怎麼讓小姐們逃掉呢？」

古蘭有注意到我們的存在。雖然古城很廣闊，但既然他是那麼熱愛歷史和寶物的城主，一定知道這張書桌原本並沒有鋪著什麼桌布吧。

我的腦海中浮現了一條有可能逃走的退路。我用內心的聲音傳達，潔絲便恍然大悟似的點了點頭，接著立刻朝古蘭低聲說道：

「古蘭先生，能不能回到那條隱藏通道呢？」

我們急忙地在士兵回來之前移動到寶物之間。

我們從掛軸後面進入隱藏通道。如果是這裡，應該暫時不會被發現吧。

「艾莎莉絲小姐目前人在哪呢？」

聽到潔絲這麼詢問，古蘭露出陰暗的表情，搖了搖頭。

「她最終還是被帶走了……雖然我早就知道遲早會變成這樣。」

「您說她被帶走了，是指……？」

對於一臉擔心的潔絲，古蘭催促似的說道：

「她被帶到那些傢伙的船上了，小姐妳們已經無能為力。妳們有什麼計畫吧？先思考自己該如何逃走。」

潔絲看向我，又看向瑟蕾絲——點了點頭。

倘若瑟蕾絲被抓住，就有生命危險了，現在萬萬不能讓她暴露在危險之中。

「古蘭先生，這條通道是連接到水中的，沒錯吧。」

老人似乎無法理解潔絲的發言，蹙起眉頭。

「能不能請您告訴我們怎麼走呢？我們要**從水中逃走**。」

沒錯，在水上和空中都被封鎖的狀況下，退路只有一條。

——就是水中。

古蘭說他收集了全村的寶物，但追根究柢，村莊從暗黑時代起就位於湖底下。那麼，要說他是怎麼收集的，就只能潛入水中了。實際上那張書桌的內側也沾著彷彿曾淹水過的汙垢，因為那是在村莊淹沒之後撈起來的東西。

——這條通道是朝著地下延伸的，以前可以從山腰到外面去……但現在出口就如同你們所知，沉到水裡了呢。我的腳也變得不良於行，目前是當成祕密畫廊在使用。

這條隱藏通道的另一頭連接到水中。既然是在腳變得不良於行後當成畫廊來使用，就表示在**腳變得不良於行前，並不是那麼回事**。

古蘭在腳變得不良於行前，是從這個水中的出口到外面潛水並收集寶物的。

也就是說雖然淹沒了，但能夠從這條通道前方到湖泊當中。

總算理解潔絲的發言了嗎？古蘭點了點頭。

「……我明白妳們的計畫了。不過潛水衣只有一套喔，立斯塔也很舊了，不曉得能不能好好地灌入空氣。」

「沒問題的，請帶我們前往。」

潔絲強硬地這麼斷言了。

暫時陷入了沉默。古蘭目不轉睛地看著潔絲。

「原來如此……看小姐這麼有自信，表示妳已經能夠使用魔法了呢。」

潔絲不知該如何回答。

「用不著隱瞞，我不是會因為這種事迫害少女的愚昧之人。」

古蘭稍微移動，從小架子上拿出有些老舊的紙，交給了潔絲。

「妳曾說想去死城，對吧？這就是地圖。雖然是山路，但現在這個季節應該能夠順利通行才對。儘管那裡沒人，不過正適合逃命吧。只有小姐妳們也好，希望能成功逃脫。」

古蘭操控輪椅，沿著通道不斷往下行。我們快步地跟了上去。

通道從途中開始變成了樓梯。古蘭在樓梯前停了下來，輕輕拍了拍輪椅。

「我沒辦法再繼續往前進了，但這是一條直路，應該不會迷路吧。只要多注意上掀門，應該就能抵達出口才對。祝好運。」

他一口氣說到這邊後，一臉關心地看向潔絲。

「魔法有時會失控，千萬記得要謹慎使用啊。」

「是的。」

潔絲這麼說完，回望著古蘭。

「那個，關於艾莎莉絲小姐……我們……」

「不用放在心上，那些傢伙好歹也是官兵。他們不是因為私人慾望，而是聽從命令行動，所以不會隨便取人性命吧。好了，妳們快走吧。」

古蘭這麼說，並近乎強硬地推著潔絲的背，催促她趕緊行動。瑟蕾絲和我也跟在潔絲後面。

「古蘭先生，非常謝謝您！」

即使潔絲在沿著樓梯飛奔向下的同時這麼說道，也沒有聽到回應。

我們沿著迂回曲折的通道下行，沒多久後來到了盡頭的小房間。有一套潛水衣在房間角落蒙上了一層灰塵，外表看來像是以皮革製成的太空衣。除此之外還有幾塊縫成袋狀的布折疊起來被放在一旁，簡直就像消了氣的氣球一般。古蘭以前是從這裡穿上潛水衣潛入湖中，把那些氣球綁在寶物上，再用立斯塔什麼的讓氣球膨脹，用這種方式讓寶物浮到湖上的嗎？假如他是像這樣蒐集了大量的寶物，肯定需要耗費相當龐大的勞力吧。真是令人敬畏的執念。

「就是這裡啊。」

一如古蘭所言，房間的中央可以看到上掀門。

從那裡再繼續往下走，就變成了根本只有把岩石挖開的通道。因為也沒有燈光，是靠潔絲用魔法光芒照亮周圍的。

「那麼，要怎麼在水中前進？」

「移動時為了讓我們的身體穩定下來，首先需要有可以站立的場所，因此我會製作冰塊板，我們就站在那上面。接著再製造出空氣層覆蓋我們的周圍，一邊用魔法抵銷浮力，同時在不破壞空氣層的狀態下移動冰塊板來前進。」

潔絲簡潔俐落地這麼回答了。她一定從剛才開始就在思考方法了吧。

我們繼續沿著通道前進，結果道路突然拓寬了。在變得稍微寬廣的空間裡，清澈的水彷彿池塘般蓄積起來。潔絲毫不猶豫地朝水面踏出一步。宛如波紋擴展開來似的，水從她的腳邊逐漸凍結，以她為中心形成了一塊漂亮的圓形板子。

「請站上去吧！」

聽到潔絲這麼呼喚，瑟蕾絲首先站上了板子，接著是我。是靠魔法讓板子穩定下來的嗎？只要小心保持平衡，就不太會搖晃。潔絲若無其事地拉起瑟蕾絲的手。

「要開始潛航了。」

冰塊板與阿基米德原理背道而馳，逐漸沉入水中。理應流入腳邊的水也像是要違反流體力學般化為牆壁，包覆住我們。

我們站在堅固的冰塊板上，在空氣層的保護下沿著水中前進。

猶如四面八方都用玻璃製成的潛水艇。

我們在彷彿水中洞窟的黑暗裡移動一陣子後，前方逐漸可以看見光芒。當我們越來越靠近那光芒後——視野忽然變明亮了起來。

當然這個亮度是相對性的，但對於一直在地底前進的我們而言，那道光芒感覺也像是黎明。不知是月光或星光，只見一道冰冷的白色光芒從遙遠上方的水面照射下來。

湖水十分清澈透明。在遙遠的頭頂上，王朝軍的船底看起來就像是魚影。

接著，我將視線移向下方——目睹了令人難以置信的光景。是超越臨界的影響嗎？沉入水底的村莊有燈光慢慢地點亮起來，在繪畫中看過的街景就在眼底下展開。

家家戶戶都因為泥巴變色成褐色，一部分已經崩塌。儘管如此，是多虧了長年在水中受到保護的緣故吧，那景色美麗到就算有人說是水中人的城市，感覺我也會信以為真。

「好厲害……」

潔絲這麼喃喃自語。一般不太有機會目睹到這麼壯觀的街景位於水中的景色才對。

瑟蕾絲看來也一直被湖底村莊吸引了目光。

水上的王朝軍似乎沒有察覺到我們的存在。

我們在拉開充分距離後浮上水面，混在夜色的黑暗之中悄悄上岸。

而為了避免被追蹤氣味，我們沿著小型沼澤前進，離開了湖泊。

前往死城赫爾戴的路程十分寂寥。

暗黑時代的戰亂讓人口縮減成全盛期的百分之一。即使到了現在，跟全盛期相比，梅斯特利亞的人口也只有大約當時的十分之一，這表示應該也有很多土地就那樣被遺棄至今吧。

梅斯特利亞的西南部——西方荒野正是這樣的地方。

我們順著以前應該是運河的河川下行，沿著以前應該是道路的山谷前進，穿過以前應該是街道的平地，朝地圖指示的場所前進。

有時會揹著瑟蕾絲徹夜移動。

即便是我們也累積了不少疲勞，所有人都變得沉默寡言。不過一想到有追兵，實在無法悠哉行動。

要是被王朝軍發現，沒人能保障瑟蕾絲的生命安全。

況且只要離路西耶城越遠，被抓到的風險也會跟著變小。

我們像是在逃命般，一心一意地不斷前進。

在早晨到來，過了中午的時候，我們發現了被丟棄的小型馬車。不知以前是用來經營什麼可疑的生意嗎？馬車裡面堆著許多酒瓶，只有人與馬消失無蹤。即使是被放置在路邊，看來頂多也才過了幾年，雖然有一部分已經腐朽，但修復之後便能搭乘了。

儘管石板路街道上雜草叢生，然而只要避開一部分的樹木，要用馬車通過倒也並非不可能。我們利用潔絲的魔法讓馬車動起來後，移動過程變得舒適不少。我跟瑟蕾絲都隨著馬車的搖晃昏昏欲睡地閉上雙眼。偶爾察覺到什麼而醒過來時，會發現景色變得截然不同。

只有集中精神一直在使用魔法的潔絲持續累積著疲勞。

「潔絲，妳差不多該休息一下比較好吧？」每當我這麼關心地詢問，潔絲都只是在胸前輕輕握拳，表示：「我還沒問題的！因為我是姊姊嘛！」

感覺就像是我提議的當姊姊這個職責，宛如詛咒般發揮了作用。我知道我讓潔絲勉強著自己。話雖如此，但潔絲不可能在這種情況下說什麼想要休息這點，也是顯而易見的。無論我找什麼藉口，潔絲都還是為了瑟蕾絲，不眠不休地讓馬車持續奔馳。

她唯一一次讓馬車停下來，是瑟蕾絲磨蹭著雙腿，開口說「我想採花（註：想上廁所的委婉說法）」之際。所謂的花當然沒辦法在馬車裡面採。我開玩笑地表示：「為了保護她，我也一起去。」潔絲像是睡迷糊似的先說了句：「麻煩您了。」接著立刻察覺自己的失言，訂正成：「我怎麼可能允許您那麼做呢！」

結果是瑟蕾絲與潔絲一起進入森林裡採花了。

「這是個好機會，要不要稍微休息一下？」

即使我向回來的兩人這麼提議，潔絲仍舊搖頭拒絕。

「我不要緊的。瑟蕾絲小姐與豬先生可以趁移動時睡一覺喔。」

「我不是那個意思……那個，我想好好地躺在潔絲的大腿枕上睡。」

「不可以。您可是哥哥，請忍耐一點。」

「那麼，我要不要在馬車裡拜託瑟蕾絲妹咩讓我躺在她的大腿上睡呢？」

「咦，我不要……」

在旁聽著的瑟蕾絲嚇到退避三舍這件事讓我大受打擊。

結果只有我的風評變差，馬車立刻就出發了。

只要我說「讓赤腳美少女跨坐在我背上是我的夢想」就願意照辦的潔絲，在這半年又多一點的期間改變了不少，應該不只是因為拿下了項圈而已吧。

我們到了很多地方旅行，碰上各種謎題，況且也遭遇到許多人的死亡。

雖然不曉得我是否有改變，但潔絲確實產生了變化。她變強了。

她如今不再是應該被保護的公主大人，而是保護瑟蕾絲的公主騎士。

馬車一直奔馳到夜晚。

原本像是大型街道的道路也慢慢變得狹窄起來，到了晚上，馬車已經無法通過了。我們在這邊暫且停下馬車，商量接下來該怎麼辦之際，潔絲像是電池沒電似的進入了夢鄉。

我們決定在馬車裡睡上一覺。

我在半夜因為馬車的些微晃動醒來時，看到潔絲在瑟蕾絲身邊做了些什麼。她手上拿著看來很柔軟的布，那塊布還隱約地冒出熱氣。看來潔絲似乎是趁瑟蕾絲熟睡的期間，幫她擦拭身體上的汙垢。潔絲似乎全神貫注，沒有注意到我已經醒來——否則她應該不會把瑟蕾絲的衣服敞得那麼開。瑟蕾絲胸前彷彿龜裂般的傷痕，在黑暗當中緩緩散發著白色光芒。

在潔絲擦拭身體的期間，瑟蕾絲也露出看來很舒服的表情安眠著。

潔絲用蒸熱的布擦拭完汙垢後，這次改用乾的布將身體擦乾。夜晚還很寒冷，這是她為了避免水蒸發後導致身體著涼的體貼行動吧。

明明對瑟蕾絲照顧到這種程度，潔絲卻好像毫不在乎自己的肌膚一直髒兮兮的。飛奔穿過森林時的泥巴、補強小船時的油，以及修復馬車時的木屑，都在潔絲的衣服與手腳上留下大小不一的汙漬。

「潔絲的身體得靠我來幫她擦拭才行嗎？」

聽到我這麼說，潔絲嚇了一跳，轉頭看向這邊。

「豬先生，您醒了嗎？」

「是啊。」

「……您看到了吧？」

潔絲確認瑟蕾絲的身體。她已經擦拭完畢，衣服也恢復了原狀。

「不，我沒有看到妳在擦瑟蕾絲的胸部。」

「您怎麼會知道我剛才在擦拭她的胸部呢？」

「…………要是潔絲的身體依舊髒兮兮的，瑟蕾絲又會感到內疚喔。」

我露骨地轉移話題。潔絲目不轉睛地盯著我看，點了點頭。

「豬先生說的話確實合情合理。我要擦拭身體，所以請您閉上眼睛。」

「這要求還真困難啊。」

「我如果真的脫掉衣服，您明明會移開視線……」

潔絲一邊發著牢騷，一邊開始解開衣服的扣子。我立刻閉上眼睛——接著就沒了之後的記憶。看來我也累積了不少疲勞啊。我似乎在閉上雙眼的短短幾秒內就進入了夢鄉。

我是到了隔天早上，才發現就連我的身體都被擦拭乾淨了。

朝陽喚醒了我們，因為接下來的路無法使用馬車，我們於是走路前進。明明是白天，天空的顏色卻彷彿晚霞一般。我們沿著荒野筆直前進，最後來到一條河川。根據地圖來看，這條河川似乎是連接到我們的目的地——死城赫爾戴。

我們砍倒河邊的大樹，用潔絲的魔法製作簡易的圓木舟，划圓木舟順流而下。

抵達赫爾戴時，我們早已因為疲勞導致全身沉重不已。照理說肚子很餓，卻連吃東西的力氣都沒有。說到底，根本沒有食物可吃。就連覓食的力氣都沒有。

所有人都是這樣。

因此在死城前面遭到巨大觸手襲擊之際，我們的反應完全慢了一拍。

看見像柱子一樣粗壯的腳上附帶著許多吸盤，我首先想到的是「好大的章魚啊，只要吃這個應該就能填飽肚子了吧」。

八隻腳從清澈的河水中冒出，在瞬間粉碎掉載著我們的圓木舟。水花四濺，遮蓋住視野。我只能緊抓木片好讓身體浮起。

全身被潑了冰冷的水後，我才總算產生了危機感。

「潔絲！瑟蕾絲！妳們還好嗎？」

沒有任何回應。相對地有什麼東西緊緊地抓住我的腹部。是瑟蕾絲。

看來抱著一絲希望抓住救命豬這種慣用句，果然還是可以成立的樣子。

「潔絲呢？該不會——」

只見縮回水中的巨大章魚腳再次出現在水面上。我心想究竟哪來這麼大隻的章魚啊？說到底，這裡可是淡水。超越臨界導致梅斯特利亞各地開始有這種異常的怪物出沒。我應該多加小心才對的。

我一邊隨著河川流動，同時目睹到令人絕望的光景。

潔絲被章魚的一隻腳給纏住了。那姿勢非常驚人，潔絲的狀態簡直就像觸手PLAY的其中一格。我不禁大叫：

「潔絲！」

她沒有回應。不曉得是否撞到頭了，潔絲在觸手之中癱軟無力地任憑擺布。

「瑟蕾絲，妳能想想辦法嗎？」

「我……我該怎麼做——」

瑟蕾絲的聲音在耳邊傳來，卻突然遠離了。

我轉頭一看，只見瑟蕾絲也被巨大的章魚腳給纏住了。如果不是目前情況緊急，或許能夠盡情享受這幕光景也說不定。

可以看見瑟蕾絲緊緊地握住雙手。就在那一瞬間，風向改變了，空氣彷彿被劃破似的響起尖銳聲響。

瑟蕾絲是在求救嗎？可是有誰會來這種地方——

下個瞬間，一如字面所示般，我有種天地顛倒過來一般的感覺。感覺全身黏答答的。水面看起來在遙遠的下方。我好像也被附帶吸盤的章魚腳給纏住了。

我束手無策，開始胡思亂想，像是章魚跟豬不適合一起吃吧，這種組合我只有在吃什錦燒時吃過喔之類的。

危機總是會突然降臨——偏偏挑在你最沒辦法應付的時候。

被泥巴製成的山椒魚怪物襲擊之際，是諾特在千鈞一髮之際宛如流星般前來拯救了我們。但這次是在文明之外遭到襲擊，諾特不可能知道我們人在哪裡。

拯救我們的是完全出乎預料的人物。

「——疾如風。」

才心想聽見了一個低沉的聲音，就看到有什麼宛如疾風一般把怪物連同水一起劈開。

飛舞在半空中的那個人影被黑色鱗片覆蓋住肌膚——況且沒有左腳。

儘管如此，還是想陪伴在她身旁

圍繞著街道的星形城牆，到現在也還殘留在東北部的要衝雷斯丹，那是個罕見的城池。身為暗黑時代遺物的城池，幾乎大部分都被拜提絲大人給破壞了。但雷斯丹由於某些特殊原因而免於遭到破壞。

因為有個非魔法使——嚴格來說是有個龍族的男性造反，殺害身為城主的魔法使，把這座城市交給了拜提絲大人。

拜提絲大人的目的始終是殲滅魔法使，而非殲滅民眾。而幾乎所有勢力的領袖都理所當然地是魔法使，因此都遭到滅亡了。不過，暗殺我方勢力的魔法使，讓雷斯丹的民眾免於慘遭趕盡殺絕。

一方面也是因為有這樣的背景嗎？領主大人絲毫不信任我這個人。

不過，這是理所當然的吧——因為追根究柢，我就是殺掉城主的龍族（拉契爾堤）末裔。

龍族的力量雖然受人畏懼，這個種族卻絕不會受人尊敬。儘管因為具備超人般的戰鬥力而在軍隊受到重用，但舉例來說，倘若發生凶手不明的殺人事件，便會頭一個遭到懷疑。一旦憑藉超乎常人的身體能力，無論是怎樣不合理的邏輯，看起來似乎都能說得通。不會被耶穌瑪讀心這點

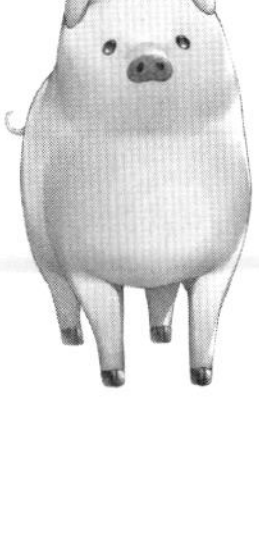

也是原因之一吧。

追根究柢，龍族一直被說是為了殺害魔法使而誕生的種族。殺人的種族、暴力的種族，流在我體內的就是這種詛咒之血。

我從幼少期開始，只要有竊盜事件就會被懷疑；有暴力事件就會被調查；有殺人事件就會被逮捕。儘管曾受到好幾次不講理的暴行，但我知道只要稍微反擊，就等於是給他們藉口，因此一直默默地忍耐。雖然會疼痛，但龍族的骨骼很強硬，因此大部分傷口都會在沒多久後癒合。

雷斯丹的領主大人在我還年輕時就看準了我前途有望，不過終歸是從利益角度出發——他絲毫不信任我，只是把我當成手下、當成軍人在利用。

領主大人是位非常精打細算，況且講求合理性的人物。只要我誠實地侍奉他，縱然無法獲得應有的信賴，也能夠獲得應有的待遇。我在十四歲時得到了就蓋在領主大人宅邸附近的房子。那是一棟小房子，雖然被大人們揶揄是「狗屋」，但我並不覺得當領主大人的狗替他工作是一件壞事。

瑪莉耶絲就是侍奉著這位領主大人。

用這個詞彙來形容耶穌瑪大概很奇怪吧，但這位女性給人的印象完全就是「高嶺之花」。年齡應該比我年長約一歲，但她成熟到讓人覺得應該相差好幾歲吧。她十分文靜且脫俗，而且美麗動人。耶穌瑪一定也有分等級，對於領主這些身分特別崇高的家庭，王朝應該會挑選等級比較高的耶穌瑪販售給他們才對——首次看到她之際，我甚至這麼心想了。

瑪莉耶絲跟其他耶穌瑪不同，跟其他女性也不一樣。

我曾經犯下很嚴重的失誤，那是在我搬到「狗屋」後沒多久發生的事。動手殺人時我不小心把必須確實處理掉的文件遺留在現場，導致領主大人陷入被懷疑的危機。這完全是我的疏失。

雖然靠領主大人的策略埋葬了文件，但我被領主大人親自嚴厲地訓斥了一頓。

不只是被拳打腳踢，他還用金屬棒對蹲坐在地上的我痛毆了好幾下。對於勃然變色並痛斥我的領主大人，我只能不斷道歉而已。雖然要反擊很簡單，但假如真的那麼做，我會立刻被處以死刑。領主大人就是看透了這種權力關係，才會這樣折磨我。

我趴倒在紅色地毯上，咬緊牙關忍住眼淚。

沒多久我便失去了意識。

「平常把您當工具人——」

瑪莉耶絲對被放置在地板上的我這麼搭話了。

「一旦失誤就這樣對待您，真的是欺人太甚呢。」

瑪莉耶絲沒有絲毫笑容，她扶我站起來後，幫我進行止血。我被邀請到就在附近的瑪莉耶絲的房間，她在那裡還幫我包紮了其他小傷口。

瑪莉耶絲親自調配茶葉，泡了茶請我喝。我即使到現在也忘不了那個滋味，是一種彷彿可以舒緩疼痛、可以放鬆心靈的綠薄荷的溫柔香味。

我一定是有生以來第一次被人那麼溫柔對待。

明明沒有特別交談什麼，明明她只是幫我包紮、請我喝了茶，我的眼淚卻不停地流下來。瑪莉耶絲只是默默注視著那樣的我。

幸好我不會被讀心。

因為我當時已經無法自拔地喜歡上了瑪莉耶絲。

那是絕對無法傳遞出去的心意。

無論遭受多麼過分的對待，我都一直在領主大人的底下工作。

沒有其他選擇也是原因之一。但最重要的是，只要在領主大人底下工作，就能夠待在瑪莉耶絲身旁。自從那件事之後，別說是喝茶了，我甚至沒有機會跟她交談。儘管如此，我還是一直嚮往著高嶺之花。

我的視力比一般人要好上很多。

好到無論是在多高的山嶺上綻放的花朵，我都能看見花朵的美麗，藉此療癒心靈。

然後某一天——

我看到了領主大人毆打瑪莉耶絲。從領主大人的怒吼聲來推測，可以察覺到是非常雞毛蒜皮的理由——似乎只是因為瑪莉耶絲忘了餵食大小姐飼養的小鳥。

不過，瑪莉耶絲平常不是會犯下這種失誤的耶穌瑪。她是個完美的侍女，總是能乾淨俐落地完成主人交辦的工作。似乎正因為瑪莉耶絲的完美出現了破綻，領主大人才會毆打她的樣子。

我被痛毆那時也是一樣，領主大人只容得下完美的存在。

邊。

領主大人離開後，瑪莉耶絲也暫時茫然自失似的癱坐在地毯上。我的腳很自然地走向了那

「真的是欺人太甚呢。平常把妳當工具人，一旦失誤時就這樣對待妳。」

瑪莉耶絲注意到我的存在，立刻準備站起來。但大概是被毆打臉部，腦部受到衝擊了吧，她搖搖晃晃地差點倒下。我靠著天生的反射神經扶住了瑪莉耶絲。

瑪莉耶絲的臉頰被拳頭毆打，內出血讓人看了很不忍心。

「妳還好嗎？」

只見瑪莉耶絲扭了扭身體，她跟我拉開距離，靠自己的雙腳站穩。

「……居然會擔心耶穌瑪，您真是個怪人呢。」

「妳之前不也替我感到擔心嗎？」

瑪莉耶絲沒有回答。

「有沒有什麼我能幫忙的呢？」

聽到我這麼詢問，瑪莉耶絲靜靜地搖了搖頭。

「您的好意我心領了。」

我認為她這番回答是在拒絕我。我將碰巧帶在身上的軟膏交給她，便離開了現場。

經過一段時間後，我才總算察覺到瑪莉耶絲的樣子不對勁。

她在害怕著什麼。從她細微的手指動作，還有心臟跳動的聲響，可以感受到瑪莉耶絲的恐

懼。儘管如此，她依舊完美地處理好工作。但我推測她那時忘了餵食小鳥的原因，一定是因為她害怕的那個「什麼」。

我耳聞風聲，得知瑪莉耶絲即將迎接十六歲生日，明白了她感到恐懼的理由。

赴都之旅——幾乎大部分耶穌瑪都會喪命的赴死之旅。

我還沒有向瑪莉耶絲報恩。而我這麼想了——即使要拋棄所有現在的地位，我也想要保護這個人。

「關於妳的赴都之旅，我也想一起同行。」

我在走廊上叫住瑪莉耶絲，一口氣說了出來。這是我下定決心的告白。

與她同行就表示我要成為夏彼隆，也就是可能會與她死別，或是一同進入王都。一旦進入王都，將會喪失在外面構築起來的所有事物。

「想不到您居然會這麼說，真令我意外。」

瑪莉耶絲用看來一點都不感到意外的樣子，平淡地這麼回答了。

她讓我進入了她的房間。她沒多說什麼，泡了茶請我喝。

那杯茶就跟那一天——我們第一次交談的那天所喝的茶是一模一樣的味道。

「為了您自己著想，不要跟來會比較好唷。」

她沉默一陣子後開口說出的這一句話，讓我嘆了口氣。

我認為她這句話也是在拒絕我。我早就知道了，這是絕對無法傳遞出去的心意。如果要跟被當成狗對待的我一起同生共死，瑪莉耶絲一定寧可選擇獨自前往吧。

因為她是孤高的高嶺之花。

「……明天早上，我會隨著日出啟程。」

瑪莉耶絲這時首次對我露出了笑容。

「假如您有意與我白頭偕老，請您陪我一起上路。」

第三章 凡事都要懂得控制火候

「你們肚子餓了吧。進入街道裡會比較安全。跟我來。」

席特——他是伊茲涅與約書這對姊弟的父親，且曾經是五長老之一的叛徒——這麼說，準備帶領我們到赫爾戴的中心地區。

他穿著黑與灰色的旅行裝束，粗略剪短的黑髮維持原樣，臉的下半部被一直沒刮的鬍鬚覆蓋住，一副流浪漢的打扮。只有雙眼還殘留著感覺很正經的氛圍。

雖然他拄著仍殘留樹皮、似乎是手工製的粗糙拐杖，但大概是因為身體能力太過強大，他看起來移動自如，沒有任何不便。

在以前應該是當成碼頭來使用的地方，我們理所當然地躊躇不前。這傢伙可是被薩農教唆，企圖殺害修拉維斯的男人。潔絲、瑟蕾絲跟我都目擊到席特把修拉維斯的頭當木柴一樣劈開的現場。

況且最重要的是——

這個男人偏偏待在我們的目的地，這種狀況實在太可疑了。

「你們在猶豫什麼？我都說要提供糧食了。有句話說餓著肚子是取不了首級的吧。」

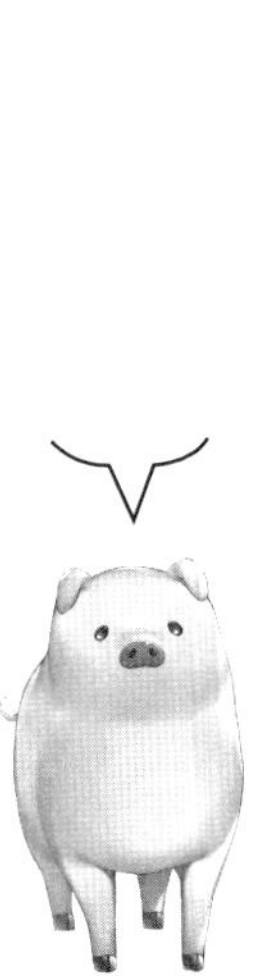

我們也不是要來取他的人頭啦……

我一邊擺動身體甩水，一邊說道：

「你以為我們會傻傻地跟著可能會殺掉我們的人走嗎？」

席特盯著我看，疑惑地歪頭。

「不管什麼時候看，豬會說話果然是很奇妙的現象啊。」

「這世界就是這樣，請你習慣吧。」

對於毫不放鬆警戒的我，席特聳了聳肩。

「你們看到地下墳場發生的事情了吧。只要我有那個意思，無論何時、無論對象是誰，我都能隨心所欲地殺掉對方。萬一我打算殺害你們，不管你們是想逃或是乖乖跟我來，結局都不會改變。再說要是我打算殺掉你們，就不會特地用這雙行動不便的腳從怪物手中拯救你們了。這是很簡單的道理。」

的確就跟他說的一樣，他對我們有救命之恩這點也是事實，但我還是覺得很可疑。

我看向潔絲與瑟蕾絲。她們依舊全身濕透地依偎在一起，警戒著席特。我有義務守護這個美麗的景色。

「我明白我們別無選擇了。那麼，請你說明你會待在這裡的理由。」

「理由？」

席特蹙起濃密的黑色眉頭。

「除了殺害君主這件事以外，還有應該說明的事情嗎？你應該知道我是個逃犯吧。」

「我是想知道你偏偏挑在這種時候，出現在這個城市的理由。簡直就像是在等我們到來一樣。」

「雖然你說偏偏，但跑來這裡的是你們才對吧？我在幾天前就選了這裡當作藏身處。你們一定是有某些原因，才會在今天前來這裡。如果要懷疑是否巧合，首先應該由你們解釋前來這裡的原因才合理吧？」

原來如此，他說的確實沒錯。

不過，說不定他幾天前就已經來到這裡的事情根本是謊言。既然如此——

「你說街上有食物，對嗎？」

「沒有糧食的話，會有人逃到這種廢墟城市來嗎？人生就是一場戰爭，要隨時準備萬全。」

這個人是戰鬥民族還是什麼嗎？

「那麼，請你帶我們到那裡。」

聽到我這麼說，席特便像是把拐杖當成身體的一部分般運用，接著走在前頭開始帶路。我們跟了上去。

——豬先生，這樣沒問題嗎？

衣服濕透的潔絲用內心的聲音這麼詢問我。

（首先我們別無選擇。倘若席特真的從幾天前就已經待在這裡，應該會看到一些使用過的物品，或是用餐的痕跡吧。如果是這樣，就試著相信他看看吧。而一旦看來像是追著我們剛到這裡來，就得懷疑他在說謊，想辦法逃離這裡吧。）

——我明白了。總之我先烘乾瑟蕾絲小姐的衣服唷。

潔絲特地先向我預告後，才開始用魔法烘乾瑟蕾絲的衣服。比起自己，她更優先烘乾瑟蕾絲的衣服，感覺可以當成是她的體貼，也像是在主張她不打算讓我看到瑟蕾絲衣服濕透的模樣。

拄著拐杖的席特走在前頭，我們排成一列跟著前進。儘管天空看來一直像是傍晚，但就太陽的位置來看，好像真的差不多快到傍晚的時間了。

死城赫爾戴雖然完全是個廢墟，卻也是個散發著神奇氛圍的美麗城市。

首先最引人注目的就是畫上也能看到的兩座尖塔。無論哪座尖塔都建造得十分牢固，但在設計上各自蘊含著不同的構思。其中一邊是有著直線輪廓的白塔，另一邊則是藉由複雜的雕刻塑造出森嚴氛圍的黑塔。只要稍微吹起強風，尖塔周遭的氣流似乎就會跟著動盪，宛如風琴的低沉轟聲迴盪到這邊來。

一看到尖塔，瑟蕾絲又感到疼痛似的按住了胸口。潔絲立刻飛奔到她身旁。

「瑟蕾絲小姐……您果然還是會痛嗎？」

「是的……但不要緊的，我可以走。」

「妳覺得那座塔似曾相識，對吧？」

「對。好像曾經路過附近……照理說我應該一次也沒有來過這裡。」

這個地方果然有什麼線索。我有這種感覺。

雖然體力也快瀕臨極限，但稍微休息之後，得探索一下這裡才行吧。

規律並排著的石造房屋雖然脫落了不少油漆，但可以看出以前曾是五顏六色的痕跡，還有一些崩塌的牆壁上殘留著一部分的濕壁畫。

街景的另一頭可以看到平緩的山坡，山腰還留著大型城堡的殘骸。磚造的城堡殘骸甚至讓人覺得假如它沒有崩塌，應該會比至今看過的任何城堡都還要巨大吧。

我們在席特的帶領下來到了城市的中心地區——被黑白兩色的巨大尖塔夾在中間的廣場。黑白兩色的石頭彷彿西洋棋盤般輪流鋪設在石板路上，讓眼睛有些刺痛。一如「死城」這個稱呼般，是個散發出不祥感覺的異樣空間。

席特的嫌疑在這邊消除了。

不知是有石柱崩塌了嗎？廣場的一角有個地方散落著感覺正好可以當台座的岩石，席特似乎是把那些岩石當成桌椅來使用，可以看到他攤開的行李，還準備了堆積磚塊製成的焚火台。長鬃山羊被漂亮地剝皮肢解，屍體被丟棄在稍微有點距離的地方。我算了一下頭骨的數量，總共至少也有三隻的樣子。一部分的肉被保存在收集殘雪打造而成的冰窖裡。

席特以熟練的動作生火燒開水，接著走進附近的建築物，從裡面拿了兩個成對的茶杯出來。

倘若他是追著我們過來的，不可能有辦法準備這些東西。

看來席特的確是從我們來到這裡更早之前，就一直待在這個城市了。

「先喝杯茶吧，可以打起精神。」

他將燒開的熱水從火上拎起，從罐子裡拿出茶葉，燜了一陣子。他將泡好的茶分別倒入兩個茶杯後，在潔絲與瑟蕾絲面前各放了一個茶杯。

「趁熱喝吧，身體會暖和起來。」

兩人以虛弱的聲音道謝，小口地啜飲熱茶。

「咦，這杯茶好像……」

潔絲這麼喃喃自語。

「怎麼了？」

聽到我擔心地詢問，席特從後方插嘴：

「這是我經常品嚐，獨家配方的臨戰特調，可以消除恐懼，鼓舞士氣。我常在賭上性命的戰鬥前飲用這種茶。」

我不禁擔心裡面是否有毒。說到底，為什麼會有兩個杯子？

他會不會準備得太周到啦？

「拜託你別讓她們喝那種奇怪的東西啦……潔絲，假如妳覺得味道不對勁，不用客氣，直接吐出來吧。」

「不，不要緊的，很好喝喔。有薄荷的香氣，反倒可以放鬆心情。」

瑟蕾絲也津津有味似的喝著。我聞了聞飄散過來的香氣，看來的確是普通的花草茶，沒有可疑的臭味。

「好了，來烤肉吧。這裡有把銀製餐具重新打造製成的板子，就用這個來烤所謂的『燒肉』吧。」

席特在喝茶的少女們旁邊勤快地準備起餐點。

突然聽到一個日文詞彙，我大吃一驚。

「你知道燒肉……？」

「對。我聽薩農小弟提過。在你們的國家，大家圍著桌子一起烤切成薄片的肉，就能獲得幸福，對吧？」

「哎，也不能說這是錯的啦……」

他這種像是帶小朋友來露營的親戚叔叔的悠哉態度，讓我不知所措。我們可是被王朝軍追捕的逃亡者，而他則是謀殺國王失敗，逃命到這裡來的逃亡者。

他之所以能夠展現出這種堪稱瀟灑的從容態度，是因為擁有壓倒性戰鬥力的優勢嗎？

席特握住小刀，割了一塊肉塊下來後，放到木板上開始斜切。

「你在看什麼？不用擔心，這不是那種怪物的肉。這是我前天早上到山裡散步時獵來的長鬃山羊的肉，我把肩膀肉最好吃的部分放在冰窖裡冷藏。」

被人在散步之際順便狩獵的可憐長鬃山羊。

「真虧你拄著拐杖還能打獵呢。你用了什麼陷阱嗎？」

「沒有，我赤手空拳。」

雖然我剛才的問題是在懷疑是否有其他人在，但出乎意料的答案把我的懷疑都丟到九霄雲外了。

「赤手空拳打獵……？」

「要我實際示範一下也行喔。」

席特舉起沒有拿刀的左手，迅速地伸向我這邊。黑色鱗片像是要刷新膚色似的出現在他的皮膚上，銳利的爪子在指尖伸展而出。

龍族。伊茲涅是在手臂和腳上，約書則是在眼睛和耳朵上出現彷彿龍一般的特性，他們各自發揮出超越常人的身體能力與敏銳感覺。根據約書所言，席特似乎是兩者兼具。正因如此，他才會在王朝軍裡平步青雲，甚至獲得了五長老的地位。

「請不要吃我。」

「我不會吃的。」

手臂在一瞬間恢復成原本的皮膚。他以那隻手抓了幾片切好的肉，接著並排在用火加熱的銀板上，肉片立刻發出滋滋的聲響。龍族的皮膚是否也很強韌呢？席特看來絲毫不覺得燙。他用牛排店老闆也自嘆不如的優雅動作撒鹽。

燒肉派對揭開序幕。因為事情發展得實在太過自然，潔絲跟瑟蕾絲似乎都錯過了婉拒的時機。席特將烤好的肉放在木板上，附上大概是削切樹枝製成的木籤，要兩人開動。

「好了，吃吧。看臉色就知道，妳們一陣子沒吃東西了吧。」

「……謝謝您。」

潔絲接過木板後，瑟蕾絲也一邊深深鞠躬道謝，一邊跟著接過木板。

肉烤熟的香味飄散過來。自從前天晚上沒能舉辦烤鳥肉派對就離開王都後，直到現在為止，我只有吃過雜草果腹。

潔絲跟瑟蕾絲似乎也敵不過燒肉的誘惑，她們立刻吃起了肉。

……我的份呢？

「你用很飢渴的表情看著呢。」

席特以面無表情的鬍鬚臉俯視我這邊。

「我……我才沒有想要討肉吃喔？」

才剛這麼說完，我的豬胃就發出咕嚕咕嚕的聲響，時機準得像是在演動畫一樣。

「我聽說你比較喜歡一分熟的肉。吃吧。」

席特給我一塊只有稍微烤過的厚切肉。我本想叫他煮熟，但感覺生肉確實比較合豬的胃口，我就不客氣地開動了。雖然感覺有點像山羊肉，腥味卻沒那麼重，熟成的程度也恰到好處，每咬一口就會滲出來的肉汁好吃得讓人欲罷不能。

席特非常友善。一方面也因為他是伊茲涅與約書的父親，我們的警戒心變得相當低。席特維持他平常那種看來誠實的表情，也默默地吃著肉。

我至今仍搞不懂這個男人到底在想什麼。既然不是追著我們過來，那麼認為他並非是有什麼目的才這麼做，單純是體貼因長途跋涉而感到疲憊的我們，會比較自然。既然他從幾天前開始就待在這城市，一定也不知道瑟蕾絲遭到追捕的事情吧。

假如他真的這麼友善，也有請求他協助這個選項。如果王朝軍來到這裡時能請他幫忙我們逃走，沒有比這更讓人放心的事吧。

不過，也無法排除他另有意圖的可能性。倘若他知道了瑟蕾絲與楔子的事情，就算企圖殺掉瑟蕾絲也不奇怪。

要分析至今為止沒什麼接觸過的人物相當困難。荷堤斯那時也是，我完全被他那張變態的面具給欺騙，絲毫沒有察覺到他背後的意圖。

席特沒有要立刻攻擊過來的樣子，或許暫且配合他的行動，摸索他是個怎樣的人會比較好。要是他已經在這裡停留了一陣子，關於我們正在追查的瑟蕾絲的既視感，他說不定可以提供一些能成為線索的情報。

潔絲一邊大快朵頤著肉，同時朝我點了點頭。她似乎看到了我的內心獨白。我也點頭回應。

應該是肚子很餓吧，她的嘴巴周圍沾滿肉汁，看來十分可愛……就在我這麼心想時，潔絲慌忙地擦了擦嘴。

其實根本沒有沾到肉汁。是因為她擅自讀心，我才偽造了內心獨白。

「我很明白你們為何感到不安。」

席特一邊烤肉，一邊緩緩地說了：

「畢竟我曾經弒君——應該說企圖弒君，是連狗都不想理會的叛徒。倘若是與國王很親近的你們，像這樣跟我一起吃同一鍋飯，其實也是極為不快的事情吧。」

「謀、謀啊回速……」

潔絲彷彿反射一般地否認。因為她嘴裡含著肉說話，聽起來模糊不清。

「家父曾經反覆灌輸我一個觀念。他說像我們這樣的戰鬥狂，要在亂世中生存下來的武器就是忠誠心。正因為我們不諳策略，才更應該好好地保持忠誠心活下去，如此一來，一定能免於遭到殺害。所以君主的吩咐要絕對服從，要抱持著願意為君主犧牲生命的覺悟侍奉君主。捨棄了那份忠誠心的我，已經沒有活下去的道路。」

我沒辦法否定他這番話，於是決定詢問他理由。

「你對王朝忠心耿耿，甚至不惜犧牲自己的家庭。明明如此，為何只是被豬教唆，就背叛了修拉維斯呢？」

席特稍微思考了一下後，看向我這邊。

「要說明這件事的話，首先得回溯到我的少年時代才行喔？」

「我很感興趣。請告訴我們。」

「是嗎……」

席特就這樣低頭面向下方沉默了一陣子。正當我心想這是怎麼了之際，他卻突然舉起銀板，開始把烤得正好吃的肉分配給潔絲與瑟蕾絲。他是燒肉奉行（註：指對烤肉方式和吃法順序等細節都要求很多的人）嗎？

席特本身則是從銀板上抓起稍微烤焦的肉，直接丟進自己的嘴裡。看他完全不覺得燙的樣子，龍族似乎不只是皮膚，舌頭也很耐熱。搞不好他還會噴火。

席特一邊也給我一分熟的塊狀肉，同時突然說了起來：

「我曾經有個心上人，名叫瑪莉耶絲。她是我在少年時代侍奉的領主大人的耶穌瑪。」

潔絲與瑟蕾絲停下了吃肉的手。我也把塊狀肉一口氣吞進肚子裡。

愛上耶穌瑪的故事，絕大多數情況都是以悲劇收場。

因為幾乎大部分的耶穌瑪都會在十六歲死亡。

「她年滿十六歲時準備前往王都，我向她提議同行。雖然是我單方面的愛慕，但瑪莉耶絲答應了我的提議。我們兩人一起以王都為目標。」

席特平淡地說著。他的手彷彿被自動化一樣，用小刀不斷切肉。

「老實說，我一直認為只要有我在，瑪莉耶絲必能平安抵達王都。而實際上我也親手擊退了大半的耶穌瑪狩獵者——應該說是殺了他們。」

肉一被切片，就立刻被擺到銀板上。

「但這樣反倒弄巧成拙，我似乎被大規模的組織視為敵人了。不斷殺戮組織成員就會演變成這種局面，明明是顯而易見的事，但愚蠢的我無法預測到這個結果。我們在針之森被大軍襲擊，對方的前鋒跟我一樣是龍族。」

席特在肉的下面烤好時把肉翻面。潔絲跟瑟蕾絲還沒有碰剛才拿到的肉一口。

「受過訓練的龍族刺客、私製的魔法武器，以及數十人的士兵。他們對瑪莉耶絲的身體和內臟都不感興趣，只是前來掠奪她的性命，目的是在我眼前殘忍地殺害瑪莉耶絲。我們當然不可能只靠兩個人打贏那樣的對手，我立刻身受重傷。結果瑪莉耶絲她……」

席特像是斷電似的突然不說話了。暫時陷入一段沉默的時間。

他突然拿著銀板站了起來，又追加了肉給潔絲與瑟蕾絲。

「……那麼，我剛才說到哪了？」

他居然因為只顧著燒肉，忘了自己講到哪邊！

「你說到被一大群人襲擊，你身受重傷的地方。」

「對喔……哎，故事就到這邊結束了。」

陰暗的沉默飄散在斜陽照射的燒肉會場上。

潔絲小聲地問：

「那麼，瑪莉耶絲小姐她……」

「不好意思，但我實在提不起勁說得太詳細。妳腦袋很聰明才對，不用我多說吧。」

氣氛變得尷尬起來。席特一口氣將肉塞入嘴裡。

他咀嚼並將肉吞進肚裡後，喃喃自語似的說道：

「即使到了現在，我依舊難以忘懷瑪莉耶絲當時對我露出的笑容。那是她給我的最後一次笑容。」

他一直在烤肉的手停了下來。

「那之後我一直無法捨棄只要再一次就好、想要再一次看見那張笑容的心情，就這樣活到了現在。耶穌瑪就是這樣的制度。我不希望再繼續出現因為這種制度而被拆散的人，所以贊同了薩農小弟葬送王族末裔的提議，為了結束這一切。」

「……我能體諒您的心情，不過──」

意外的是潔絲主動提出了尖銳的問題。

「縱然不殺害修拉維斯先生，耶穌瑪也已經從項圈中獲得解脫了。況且修拉維斯先生也在考慮如何改變到目前為止的做法，您根本沒必要殺害他，不是嗎？」

「我跟王家接觸的期間比妳還要長上許多。」

席特依然面向下方，如此斷言：

「妳應該認識馬奎斯大人，修拉維斯大人就跟他父親大人一樣，隱藏著強大力量的王家血統只會成為詛咒。根本不曉得耶穌瑪制度何時又會復甦，必須有人在某處斬斷這個血統才行，只不過是這件事碰巧在那時發生罷了。即使薩農小弟沒有提議，我遲早也會動手殺了修拉維斯大人吧。」

烤完肉之後，只見太陽靠近山的邊緣，天空也逐漸變暗了下來。可以從橘色天空的另一頭隱約看見密度異常的星空。

席特在天色變暗之前帶領我們到浴場。雖然已經徹底變成廢墟，且四處可見崩塌的痕跡，但在氣派大理石建築的中庭有個露天的大浴缸。是有溫泉從底下湧出嗎？透明的熱水源源不絕地從浴缸邊緣流出。

著實令人遺憾的是潔絲與瑟蕾絲在那裡清潔身體的期間，我只能跟席特兩人坐在有些距離的地方等待她們。兩名少女的身影位於死角，我無法看見。沒有其他任何人在，只有聽見潔絲與瑟蕾絲的聲音，還有流動的水聲。

「你的表情看來有些不滿啊。」

「我哪有露出什麼不滿的表情？？？」

要是你沒有說什麼「我們在這裡等著」這種多餘的話，搞不好我也能跟她們一起洗澡耶！說不定可以被夾在中間！說不定可以成為終極的火腿三明治耶！

「所謂的情慾就跟箭一樣。不是由這邊主動追求，也無須嚴陣以待，而是它會主動降臨。」

「你說什麼？」

他突然提出奇怪的比喻，讓我困惑不已。他都一把年紀了，一臉正經地在說些什麼啊？

「去偷窺她們也只會感到空虛而已，所以我在建議你別自討苦吃。」

他這番言論太過義正嚴辭，我無法反駁。

「你的耳朵很尖。搞不好你也悄悄地在偷聽她們兩人的聲音，並因此感到興奮吧？」

「她們的年齡可是當我的女兒都不奇怪嘍？」

不會笑的鬍鬚臉一臉正經地看向這邊。

曾經有個傢伙會狂聞少女的赤腳，即使少女的年齡當他的女兒都不奇怪耶……

「畢竟知人知面不知心嘛。等下再請潔絲探聽你的內心話吧。」

席特依舊一臉正經地重新面向前方。

「你沒聽我女兒和兒子說過嗎？除非自願，否則龍族是不會被讀心的。」

是這樣嗎……？

「我第一次聽說。我還以為只是身體能力與五官感覺被強化而已。」

「龍族真正的強大之處並非身體能力，也非五官感覺，而是在於魔法抗性。我們能夠抵抗魔法，即使是試圖暴露內心的魔法也一樣。」

我看向席特的拐杖。說是這麼說，但他被修拉維斯奪走了一隻腳耶……

「喔，當然這是例外。我們雖然能抵擋直接的魔法，但這隻腳是被某種物理性波動在瞬間加熱，爆炸了吧。」

原來是這麼回事嗎？倘若把微波什麼的用超高輸出功率命中目標，就可以像把蛋放進微波爐一樣，在遠距離使其爆炸。假如能夠用魔法辦到這種事，幾乎不可能擋住吧。或許反倒應該說只有賠上一隻腳算是奇蹟了。

「如果把用魔法鍛造出來的特殊金塗在武器上，搭配龍族的魔法抗性，就有可能突破某種程度以下的防禦魔法，所以我才能成功地攻擊到修拉維斯大人。假如有需要用到，再麻煩你告訴伊茲涅這件事吧。」

「你的意思是要讓伊茲涅殺掉修拉維斯嗎？」

「非也。我只是當成一個知識在告訴你。」

「我不需要這種知識。」

「這樣嗎？抱歉，忘了這些話吧。」

沉默。潔絲她們好像還在泡溫泉的樣子，可以聽見水聲。

我一邊想像那幅光景，同時開口說道。

為了判斷今後是否要依靠這個男人，有件事我無論如何都想問清楚。

「……我有一件事無法理解。」

「什麼事？」

「你曾經痛失瑪莉耶絲小姐，表示不希望再繼續出現被耶穌瑪這種制度拆散的人們。明明如此，那你為何把跟伊茲涅和約書很親近的耶穌瑪交給了王朝呢？」

記得應該是叫做莉堤絲。

她是侍奉席特家的耶穌瑪。某一天她在購物完回家的路上，被男人給強暴了。因為王朝的規定，只是單純被害者的莉堤絲也必須基於通姦罪遭到制裁。不知是否因為在意自己的立場，席特把莉堤絲交給了王朝，莉堤絲按照規則被處以死刑。這實在太不講理了。伊茲涅與約書便是在那時離家出走，再也沒有回去過。

席特沉默了好一陣子。他也不是在觀察肉烤得怎麼樣了，單純只是找不到該說的話吧。

「……組織會改變一個人。」

聽到這句比想像中更加陳腐且輕率的話語，我不禁懷疑起自己的豬耳朵。

「你就因為這種理由，眼睜睜地看著女兒和兒子重要的人莫名其妙地受死嗎？你明明一直憎恨著那種不講理的制度，甚至企圖殺害君主耶？」

「我不求你能諒解，也不認為你會明白。只不過你大概很在意，所以就讓我說一下吧。我的妻子是王朝軍掌權者的女兒，我就是利用他們家族的力量出人頭地的。倘若放過莉堤絲的罪行，不只是我，一族的立場都會有危險。我不可能反抗王朝的命令。」

家族、出人頭地、立場——這是不惜犧牲別人的性命，也應該守護的東西嗎？

伊茲涅和約書都說這個男人是整天只想著要出人頭地的混帳老爹。

我心想他們說得沒錯。

「你會這麼拘泥於要出人頭地……是為了在出人頭地後接近國王，毀滅王家嗎？」

如果是這樣，那實在是太反常了。

席特一直很僵硬的表情稍微扭曲起來，首次展現出軟弱的一面。

「天曉得……我已經搞不清楚了。」

沒有光芒的雙眼看向這邊。

「只不過，希望你可以放心。誠如你所見，我已經沒有力氣去殺害國王。雖然逃到了這種偏僻的地方是很好，但我已經完全喪失目的。倘若沒有遇見你們，我應該會在這裡悄悄地化為枯骨，不被任何人發現才對。想殺我的話就動手吧，我是個亡靈。」

儘管有難以釋懷的地方，但我沒辦法對已經衰弱的人落井下石。

潔絲與瑟蕾絲差不多快洗好澡了嗎？

「孩子們——伊茲涅和約書他們過得還好嗎？」

突然被他這麼問，我反問道：

「你沒有直接跟他們交談嗎？」

「我只有跟薩農小弟交談過。我也沒資格擺出父親的樣子吧。」

說得沒錯。

「……他們看來很有精神喔，雖然把你講得很難聽就是了。」

「我想也是。」

「什麼『我想也是』啊……」

太陽似乎下山了，席特茫然地注視著變得微暗的一個角落。

「約書還是一樣整天黏著伊茲涅嗎？」

那傢伙以前果然很黏姊姊啊……

「現在已經不黏嘍。你以為他都幾歲啦？」

「哎，是幾歲來著啊？」

我心想他果然是個混帳老爹。他的雙眼看來已經沒有在關注自己的孩子們，還有以前被自己害死的莉堤絲。

這並非演技，這個男人是發自真心在這麼做。在這裡的是一具失去心上人、失去家人、失去君主、失去目的，什麼也沒有留下的空殼。

正因如此，我才覺得他足以信賴。

為了跟瑟蕾絲一同逃離追兵，尋找瑟蕾絲可以免於一死的方法，借用席特的力量。

這是非常妥當的選項。

我得去向她們兩人傳達這件事才行。

「我可以去看一下她們兩人的情況嗎？」

聽到我這麼說，席特蹙起眉頭。

「如果我在這邊說可以，就會產生你目睹到她們的裸體時，怪罪到我身上的風險。」

「討厭啦，我才不會做那種事。」

為什麼會穿幫呢？

正當我準備前往浴缸那邊之際，不巧的是潔絲與瑟蕾絲已經走向這邊了。

「哎呀，豬先生，讓您久等了！」

兩人都穿上了衣服。真可惜。

「我聽見了走向這邊的腳步聲，想說妳們應該已經換好衣服了吧。」

潔絲冷眼看著我。她的衣服看不到任何長途跋涉造成的汙垢，變得一乾二淨。

「妳把衣服翻新了啊。」

「對，用魔法。況且豬先生，請看！」

彷彿會附帶鏘鏘～的音效一般，潔絲興奮不已地把手搭在瑟蕾絲的雙肩上。

「啊……潔絲小姐，我……」

瑟蕾絲不知為何害羞地隱藏著身體，潔絲將她推向明亮的地方。

瑟蕾絲也換上了漂亮的裝扮。

不是她平常穿的衣服，也不是一直穿到剛才的樸素服裝，她身上穿著應該是由潔絲創造出來的新衣服。

寬鬆的米色女用襯衫搭配著紅色緞帶，底下則是黑色短褲。配上瑟蕾絲的短髮，乍看之下像是個少年，然而嬌小的肩膀與平緩地勾勒出曲線的腰部，以及細長的雙腿輪廓被襯托，散發出甚至讓人覺得有些性感的魅力。

「……超級可愛呢。」

我不小心用了超級可愛來稱讚瑟蕾絲。但不知潔絲是認為我在說衣服嗎？她也很高興似的點

了點頭。

「對吧！我一直覺得這種打扮很適合瑟蕾絲小姐。」

「呼咦……」

瑟蕾絲發出困惑的聲音，同時害羞起來。

「我稱不上可愛啦……」

「請抱持自信。您非常出色唷。」

潔絲閃耀發亮的笑容讓瑟蕾絲也害羞地嘿嘿笑了。

「這個設計是潔絲想的嗎？」

聽到我這麼問，潔絲看似很開心地露出燦爛的笑容。

「是的。我想說這樣能襯托出瑟蕾絲小姐修長的雙腿，才這麼設計的。況且這樣豬先生也不能偷窺裙底了呢。」

原來如此。她真是精打細算。

「很厲害嘛。潔絲真是天才。」

「謝謝您的稱讚。」

潔絲天真無邪地露出開心的表情，讓在旁看著的我似乎也跟著高興了起來。

「哎，但我不會偷窺女孩子的裙底就是了。」

不知為何陷入了一陣沉默。我說了什麼奇怪的話嗎？

這時，從後面傳來拐杖的聲響。

「欲馳騁沙場同樣得先從形式做起。想挑戰某些事物之際，先清潔身體與端正服裝也是要緊的行為。像這樣提振士氣是很重要的吧。」

這個男人不管什麼事都要比喻成戰爭來講耶……

潔絲像是察覺到什麼似的詢問：

「所以席特先生您才會帶我們來這個浴場……？」

「正是如此。你們是來這裡準備完成什麼大事的吧？就憑那破爛不堪的打扮，能取下的首級也會失手。剩下的就是好好休養身體。」

兩座巨大的尖塔，把我們用來當燒肉會場的廣場夾在中間並排著，是直線的白塔與森嚴的黑塔。我們在席特的帶領下進入了白塔那邊。黑塔似乎就跟外表一樣，裡面也相當詭異的樣子。

白塔的一樓是大型禮拜堂，在好幾十公尺高的地方有著圓頂天花板。尖塔想必是延伸到比天花板還要更高的地方吧。明明很久無人使用了，狀態卻保存得非常好。

潔絲應用織布魔法創造出毯子，與瑟蕾絲在收集起來的長椅上鋪床，接著躺在上面。她們兩人似乎決定一起睡。真好呢，好想被夾在中間喔，一定有很香的味道吧。席特為了看守，說要坐在入口附近睡。我在兩名少女旁邊蜷縮起身體。

是個寧靜的夜晚。

「瑟蕾絲小姐，無論發生什麼事情，您都絕對不能放棄喔。」

潔絲維持躺著的姿勢，小聲地這麼說了。

「豬先生跟我都是為了保護瑟蕾絲小姐才在這裡的。我們會一直陪伴著您。」

「好的……」

棉被蠕動了起來。瑟蕾絲是感到害臊嗎？她背對著潔絲躺平——潔絲從後方輕輕地抱住了她的背。好想被夾在中間喔。瑟蕾絲的腳感到困惑似的縮了起來。

「讓兩位幫我做了這麼多……我真的非常開心。」

「這樣子嗎……太好了。」

「也謝謝您幫我做了那麼漂亮的衣服，給我穿真的是太浪費了。」

「才不會浪費，因為那是為了瑟蕾絲小姐您創造的呀。」

瑟蕾絲在潔絲的懷抱中蠕動著身體。

「我究竟該怎麼報答才好呢……」

「您不需要回報。」

「可是——」

「等所有問題解決後，就讓大家看看這套衣服吧。我非常期待諾特先生的反應。」

「……………」

我可以理解瑟蕾絲為何陷入沉默，因為諾特就跟我這個阿宅一樣對服裝漠不關心。

甚至連瑟蕾絲妹咩戴上眼鏡給他看時，他都絲毫沒有提到眼鏡。如果是阿宅一定會對眼鏡屬性感到心動，所以就這層意義來說，諾特說不定連阿宅都不如。

潔絲含蓄地打了個呵欠後，輕聲說道：

「他一定會很高興的……得儘早讓諾特先生看到瑟蕾絲小姐有精神的模樣……」

潔絲的話語變得斷斷續續，說話的節奏也漸漸慢了下來。

「所以您……一定要逃走…………我們……會找出……解決方法…………」

她大大地吐了一口氣。

「…………好眠。」

「咦，潔絲小姐……？」

「她睡著嘍。」

我這麼告訴感到困惑的瑟蕾絲。我差不多可以被夾在中間了吧？

「咦，咦，夾在中間……？」

被瑟蕾絲看到我的內心獨白了。希望她別放在心上。

「我們在路上一直依靠潔絲，她應該相當疲憊吧。」

「說得也是呢……我不管大小事都在麻煩兩位幫忙……」

看來她似乎相當在意。

為了方便交談，我繞到瑟蕾絲那邊。

「妳用不著煩惱這些，潔絲跟我都是想做才這麼做的。潔絲也把自己當成了瑟蕾絲的姊姊，一直幹勁十足，不是嗎？」

「姊姊……的確是呢。」

「對吧？所以妳也可以把我當成哥哥，儘管依靠我喔。」

「呃……這就不用了。」

被拒絕了。

她的大眼睛看著我這邊。從破掉的窗戶對面露出的星空反射在她的眼睛上，閃閃發亮著。

「……總覺得很久沒像這樣兩人一起聊天了啊。」

「是的。讓人不禁想起……首次見面那天晚上的事情。」

「真令人懷念啊。記得我在半夜被妳找出去——」

「我還記得因為豬先生說想撲倒我，讓我非常驚訝的事。」

「等等，妳的記憶被竄改了。我那麼說是為了鼓勵妳——」

「不可以喔。」

突然響起潔絲的聲音，讓我凍結住了。

不過立刻又傳來她安穩入眠的呼吸聲。看來似乎是在說夢話。

她就連睡得正熟的時候，都能豎起耳朵聽別人在講什麼嗎……

瑟蕾絲輕輕地笑了。

「豬先生的願望實現了呢。」

我回想起如今感覺是很久以前的對話。

——要是豬先生的願望也能實現就好了呢。

在我邀請諾特同行那天，瑟蕾絲這麼說，替踏上赴都之旅的我們送行。

所謂的願望就是我對潔絲的心意。倒在豬圈時被溫柔對待，僅僅一天就認真地愛上對方，我那份無藥可救的感情。

跟暗戀諾特長達五年的瑟蕾絲相比，我的心意根本輕如鴻毛——我那時說了這種話，否認這份感情的價值。但結果我跟潔絲現在依舊在一起。

另一方面，瑟蕾絲的心意則是暴露於危險當中。

用自己的生命作為代價，能夠讓世界恢復正常，這個殘酷的真相。

倘若待在諾特身旁，會變成王朝與解放軍展開全面戰爭的火種——這樣的狀況。

瑟蕾絲不曉得該如何是好。她離開一直想要陪伴在側的諾特身旁，逃出來向我們求助。

「瑟蕾絲的願望也一定要實現喔。」

「……真的能夠實現嗎？」

「當然了，不用擔心，妳以為我是誰？」

「是**混帳處男先生**呢。」

「沒錯喔。」

可以聽見潔絲似乎很不滿地低吼的聲音。她的感測器也太敏銳了吧。

「明天試著探索這座城市看看吧。如果這裡有既視感，那一定可以找到線索。應該也會慢慢知道妳胸口的疼痛究竟是怎麼回事。我們一起思考吧。」

「……好的。」

從遙遠的上方傳來像是管風琴的低沉轟聲，是兩座尖塔受到風吹發出的聲響。那是一種不可思議的音色，好像可以讓人心情平靜下來，又好像會讓人心神不寧。

「……**混帳處男先生**。」

「怎麼了？」

「我非常感謝您。感謝您那天早上推了我一把，要我向諾特先生傳達自己的心意。」

那天早上——是說我邀請諾特與我們一起踏上危險旅途時的事情。

老實說，那是個精打細算後的選擇。

只要諾特不曉得瑟蕾絲隱藏的心意，知道瑟蕾絲心意的潔絲就不會接受諾特與我們同行吧。因為那樣等於是我們為了自己方便，欺騙諾特帶他一起走。有必要讓諾特知道瑟蕾絲的心意，並且在知情的前提下做出「留下瑟蕾絲踏上旅程」的判斷。

「那不是什麼值得被感謝的事情。我並非為了瑟蕾絲著想才那麼說的，而是考慮到潔絲的利益。我欺騙了妳。」

「什麼欺騙，請別這麼說……我並沒有那麼想。」

「抱歉啊。我明明讓妳做了那種事在先，結果卻還是無法讓諾特順利地回去。我拆散了你們兩人。」

「那……那個，希望您不要道歉。」

瑟蕾絲一臉為難似的挑動眉毛。

「如果那時沒有被逼入絕境，我想我一定一輩子都不會向諾特先生傳達自己的心意。如果沒有像那樣突然被催促，我想我一定會一直當成祕密。直到諾特先生有一天不見蹤影為止，我想我應該什麼都說不出口吧。」

「是這樣嗎？」

「是的。所以……假如兩位對於帶走諾特先生這件事感到內疚……請不用自責，因為我一點都不怨恨兩位。」

「如果是這樣就好……」

不過，主張不怨恨這件事本身，感覺反倒像是證明了其實存在著怨恨的深層心理。因為如果腦內不存在怨恨的可能性，照理說就不會在這邊冒出「不怨恨」這句話本身。

「不，不是的，我不是那個意思。呃，我……」

剛才那是內心獨白喔。

「諾特因為我們而不再是村莊裡的獵人，這是無庸置疑的事實。以妳的立場來看，不可能不怨恨這件事。」

「啊……我不是那個意思……其實我早就知道了。」

「知道什麼……？」

「我早就知道……諾特先生是個總有一天會消失不見的人。」

「總有一天會消失不見的人……」

瑟蕾絲對重複這句話的我輕輕點了點頭。

「因為諾特先生不是應該屈就於那種小村莊或這種村姑的人物。我早就知道他這樣的人物有一天一定會離開村莊，去完成更偉大的事業。諾特先生會離開村莊，並不是潔絲小姐和**混帳處男先生**的錯。」

「或許是那樣吧。但妳說這種村姑……妳過於貶低自己嘍。」

她講的話好像沒多久前的我。

因為對方太過耀眼，不禁覺得自己根本配不上對方。

我之前就是這樣鑽牛角尖，才會選擇了跳崖自殺。

「妳對諾特而言是無可替代的人。妳一定比任何人都還要了解諾特。」

瑟蕾絲輕輕搖了搖頭，以免吵醒潔絲。

「可是我完全派不上用場……」

「妳怎麼可能派不上用場啊？妳能夠用魔法治癒諾特的傷，還能辦到以前羅西負責的輔助工作。妳幫忙趕跑王朝軍那些狗的魔法，真的很厲害喔。」

「是……是這樣嗎……欸嘿。」

她害羞的方式真可愛啊。

「妳可以更有自信一點。如果沒有要實現願望的自信，本來能夠實現的願望也無法成真喔。妳要抱持著自信不斷努力。」

「……好的，謝謝您。」

在一片靜寂中，瑟蕾絲的眼皮緩緩地闔上。

只聽見風吹過尖塔的低沉聲響。瞬間感覺黑暗好可怕。

不曉得未來有什麼在等候著我們。然而一方面也是為了瑟蕾絲，我心想明天也得好好加油才行。

我醒過來時，只見潔絲氣呼呼的。

「為什麼豬先生會夾在我們中間睡覺呢？」

我一睜開眼睛，就看見左右兩邊有少女的腳。我被潔絲與瑟蕾絲夾在中間，呈現火腿三明治狀態。

「喔，這個啊，是因為潔絲妳睡相太差，我為了保護瑟蕾絲才這麼做。」

「姆咪……」

我必須趁瑟蕾絲睡迷糊的期間結束這段對話才行。

「因為潔絲妳一直狂踢瑟蕾絲，我才會插入妳們中間幫忙擋住。這絕對不是因為我想被女孩子夾在中間睡什麼的喔。」

潔絲氣呼呼地鼓起臉頰，上面還能看見剛睡醒的痕跡。

「……豬先生真的在犧牲自己的時候，反倒會說相反的話。如果您是打算插入中間幫忙阻擋，應該會顧慮到我的心情，主張『被女孩子夾在中間睡是我從小就有的夢想』吧。」

的確……？

「那我訂正一下。其實是因為被女孩子夾在中間睡是我從小就有的夢想。」

「是這樣嗎？您的夢想成真了，太好了呢。」

咦，潔絲怎麼好像有點冷淡……？

「姆喵……」

瑟蕾絲修長的雙腿像是要纏住我似的逗弄著我的臉。如果她穿的是裙子，情況就不得了了吧。

潔絲的視線越來越嚴厲，因此我連忙離開床鋪。

只見席特用跟昨晚一模一樣的姿勢坐在入口附近不動。

「你們今天打算做什麼？」

席特一看到我走近，便站起來一邊整理衣服，一邊這麼詢問。

「……如果不想回答，可以不用說。」

「我們打算探索這個城市。假如方便，能請你與我們同行嗎？」

「當然無妨，畢竟我也沒其他事可做。」

我們準備好後，便來到外面。在灰濛濛的烏雲另一頭，可以窺見紅色天空。

我決定向席特坦承事實。我一邊沿著街道前進，一邊大略說明來龍去脈。

我告訴他寄宿在瑟蕾絲胸口的契約之楔最近顯現出危險的跡象。

還有她應該沒來過這個城市，不知為何卻有既視感。

以及那種既視感會伴隨著刺進了楔子的胸口的疼痛。

我們想要設法解決這種狀態。

我一邊隱瞞只要瑟蕾絲死亡，世界就會恢復原狀的情報，同時盡可能地把事情告訴他。

「原來如此。我一直隱約覺得大概是這麼回事。」

席特的回應十分出人意料。

「你說你早就覺得大概是這樣……這究竟是什麼意思呢？」

「來到這裡的那天晚上，我前往了那座城堡。」

他手指的是在山腰展開的崩塌城堡。

「為了什麼？」

「看到那麼大規模的城堡遺跡，一般人都會感到好奇吧。」

因為他不帶感情地這麼說，我不禁感到疑問，他真的是因為好奇嗎？

「我散步的時候也順便思考著該如何攻下那座城堡。」

「你還真喜歡戰鬥啊……」

「席特先生，那座城堡裡有什麼東西嗎？」

聽到潔絲這麼詢問，席特嚴肅地點了點頭。

「我前往城堡之際，忽然聽見了男人的聲音，那聲音要我在這裡多逗留一會兒。我照他說的停留在這裡，接著就看到你們順著河水漂流過來了。」

從豬裡面誕生的豬太郎。

「男人的聲音……是誰的聲音？」

「不知道。」

他立刻秒答。

「是個講話方式異常古風的男人。我試著尋找聲音的主人，但沒找到半個人影。我用上雙眼與耳朵還找不到人的話，表示那個男人不存在物理上的身體。應該就是目前流行的異常現象吧。」

我跟潔絲互相對望。說話古風這點讓人很在意。

因為我們正在調查的叫做路塔的男人，是拜提絲的丈夫，也是潔絲遙遠的祖先。他是從現在算起大約一百年前的人。

契約之楔、掌握著關鍵的異世界男人，以及瑟蕾絲的神祕既視感。感覺所有事情開始慢慢地連接起來了。

瑟蕾絲似乎對前往城堡的道路有印象。道路上的石板就跟廣場一樣，是以黑白兩色輪流鋪設而成的，簡直就像西洋棋盤。雙腳自然地向前移動。

「這配色真是不可思議呢，不知蘊含著怎樣的意義呢？」

潔絲看著腳邊，興致勃勃地這麼詢問。

「那兩座塔中間的廣場也有同樣的石板吧。」

席特向這麼討論的我們說明：

「這在以前似乎被叫做迷惘之路，應該是無法決定要選黑或白的人所走的道路吧。」

我轉過頭去，可以看見白塔與黑塔。這條道路從兩座塔中間的廣場一直連接到山腰的城堡遺跡，設計甚至讓人感覺像是故意惡搞的。

「你也是無法決定某些事情，才會沿著這條路走嗎？」

席特沒有回答我這個問題。

道路轉彎了好幾次，同時慢慢沿著山坡向上，沒多久後進入了城堡裡。說是城堡，但幾乎大部分構造都已經崩塌，只剩下砌磚的牆壁。

是個詭異的場所。明明有一群烏鴉在周圍的森林飛舞交錯，但牠們絕不會進入有文明痕跡的地方。明明至少有幾隻老鼠也不奇怪，路上卻沒有動物的氣息。由黑白兩色石頭構成的道路，簡直就宛如殯儀館一般。

已經崩壞的城堡沒有生活感，只剩下慘不忍睹的牆壁。我們無從得知這個城市過去是什麼模樣，但目前的狀況讓人感覺非常符合「死城」這個稱呼。

道路最終的盡頭是被高牆圍住的廣場。

「這是……」

我不禁發出這樣的聲音。

那是個異樣的空間，簡直就像是舉行某種儀式的場所。

地板以直線劃分成黑白兩半，我們站在白色這邊。

在廣場中央，也就是黑與白的分界上，豎立著用灰色岩石製成的圓圈，正好是人可以通過的大小，以氛圍來說很接近初夏的神社會擺放的茅草圈。

圓圈裡面有銀色火焰在燃燒著。

那是沒有顏色的火焰。是為了配合單色調的周圍嗎?或者相反地是周圍的配色被迫配合火焰呢？彷彿有燃料從地面源源不絕地在供給一般，即使是在廢墟當中，火焰也氣勢猛烈地不斷燃燒著。

「啊……潔絲小姐、**混帳處男先生**，這個——」

瑟蕾絲按住胸口，看向那個構造物。

「妳有既視感嗎？」

瑟蕾絲就那樣瞪大著雙眼點了點頭。

「非常強烈……感覺是至今為止最強烈的一次。」

看來我們應該造訪的場所正是這裡沒錯。在路西耶城的油畫裡會看到城堡部分標記著三角形圖案，恐怕就是為了指示這個場所吧。

席特看著火焰說道：

「這是自古以來被稱為『訣別火焰』的東西，是讓死城赫爾戴像座死城的存在。」

瑟蕾絲委婉地開口：

「請問這話是……什麼意思呢？」

「永不熄滅且不斷燃燒著的這個火焰，從背後推了眾多『訣別』一把。而幾乎在大部分的情況下，會將造訪這裡的人燒得一乾二淨，不留痕跡。」

飄散起一股危險的氣氛。他的意思是這個火焰是為了奪走生命而在燃燒的嗎？

「……我說不定知道這個。」

潔絲像是忽然想起似的這麼說了。

「銀色火焰在圓圈中燃燒著——應該有這樣一個故事。」

關於這個故事，席特似乎也不知情。

「雖然我記得不是很清楚，不過——」

潔絲表情嚴肅地述說起來。

——那是從比暗黑時代更早之前就流傳下來的故事。

很久很久以前，有個貧窮的少年與富有的魔法使少女相戀了。兩人因為身分差距，注定永遠無法結合。周遭的人強烈反對這場戀情，兩人光是被人目睹到待在一起，都會遭到批判。少年單方面地遭受到少女家人的欺凌。

少女會安慰那樣的少年，讓少年愈來愈為少女著迷。少年為了報恩而幫助少女，結果少女也愈來愈為少年著迷。兩人互相吸引對方，使周遭的人更是激動地想拆散他們。

兩人與世人背道而馳，最終逃離了家鄉。

他們在旅途中彷彿受到引導似的抵達某個地方——有銀色火焰在石頭圓圈中燃燒著的神奇場所。傳說只要鑽過這個火焰，就能夠與任何命運訣別。

兩人對於捨棄辛酸命運這件事沒有一絲迷惘，手牽著手鑽過圓圈。

銀色火焰燒了這兩人——而從圓圈另一頭走出來的只有少女。

少年被火焰纏住全身，燃燒殆盡，消失無蹤了。

關於想要捨棄的東西，其實在兩人之間有很大的差異。

對自己的命運感到悲觀，想要捨棄整個世界的少年，一如他的願望，被火焰燒得一乾二淨。

另一方面，少女則是為了跟少年長相廝守，期盼捨棄自己的身分，所以火焰燒掉的是象徵少女身分的魔力。少女就這樣倖存了下來。

據說少女一直思念著少年，以普通人的身分結束了一生——

「是個毫無救贖的故事啊……」

光是用聽的就讓人陷入悲觀絕望的心情。

「這樣根本得不到任何教訓嘛，只是一個少年與少女很可憐的故事。」

「說到底，那原本就不是為了教訓所創造的故事吧。」

席特冷淡地這麼說了。

「恐怕是基於真實事件改編的故事吧。因為是真實事件，也沒什麼教訓可言。實際上，故事裡出現的銀色火焰，此刻就在我們眼前燃燒著。」

的確……

潔絲輕輕將手搭在瑟蕾絲的肩膀上。

「那麼，這表示那個火焰真的具備與命運訣別的力量嗎？」

假如用這個火焰可以解決埋在瑟蕾絲身體裡的楔子問題，就再好不過了。

「可是命運指的是什麼？感覺實在太曖昧不清了，我不是很懂。有很多人都因為這個火焰死掉了吧？要是瑟蕾絲跟故事中的少年一樣消失不見，那可不行。」

「說得也是呢……」

「這個火焰不一定會燒掉生命，它是燒掉那個人最想捨棄的命運。倘若是不惜斬斷自己的命運也想活下去的人，無論是魔力或愛情，這個火焰都會將應該斬斷的命運燃燒殆盡。但大多情況並非如此，這個火焰便會將那個人連同存在一起燒光。」

席特流暢地這麼述說了。

「應該活下去，或是一死了之？這個火焰會給對此事感到迷惘的人一個答案。」

「……你還真清楚呢。」

「當然了，因為我就是為此而來的。」

席特不是逃亡到這裡來的嗎……？

就在我思考著這些事情之際，忽然感覺到一個氣息。我轉過頭去。

一個從頭到腳都被漆黑長袍所覆蓋的人就出現在我身後——不對，我只是從輪廓來推測對方是人，並不曉得是否真的是人類。兜帽底下是一片漆黑的黑暗，雙手被袖子覆蓋，腳邊也被長袍遮蓋起來。

一看就是個十分可疑的存在。

席特立刻動了起來。他對準長袍人影的脖子，用宛如槍彈一般的速度伸出手——但那裡彷彿什麼都不存在一般，席特的手穿了過去。

「無論何人皆無法碰觸亡靈。」

從兜帽底下傳出男人的聲音。席特抽動了一下身體，他似乎對這個聲音有印象。

命令席特停留在這裡的無形之聲，說話方式像古人一樣的聲音。

「……你是誰？露面吧。」

席特尖銳地說道，他濃密的眉毛緊緊地皺起。

「老夫無臉，汝等亦不知老夫之臉。」

他講了好像禪問答一樣的話，讓人回想起在深世界旅行時的事。

「老夫已不在此國，是老夫遺留在此地的痕跡此刻與汝等在交談。」

「您就是……路塔先生嗎……？」

人影點頭肯定潔絲的疑問。

「正是。」

據說是來自異世界的拜提絲的丈夫，潔絲身上也流著他的血脈。

自稱是路塔的人影用滑行的方式移動到瑟蕾絲面前。

瑟蕾絲害怕地往後倒退了一步。

「寄宿著最後之楔者即為汝吧。」

聽到他這麼說，瑟蕾絲微微點了點頭。

「老夫早已料到會發生此等現象。離開梅斯特利亞前，老夫留下了幾樣線索。汝等順利沿著其線索來到了此地。」

雖然這種氣氛讓人不太敢發言，但我十分好奇，因此還是開口問道：

「您是指瑟蕾絲的——這女孩的既視感嗎？」

「正是如此。老夫在梅斯特利亞各地留下指示此地之線索，剩餘的三個楔子則事先纏上老夫關於該處之記憶。為求讓寄宿最後之楔者找出線索，造訪此地。」

也就是說我們能夠抵達這裡的契機——路西耶城那幅死城的畫，和指著這座城堡的符號——是路塔親自留下的線索嗎？

「倘若用盡所有楔子，便會發生此國稱為超越臨界之現象，同時體內寄宿楔子者也會產生異常變化，接著會發展成只要殺掉該人即可的狀況。上述皆為老夫故鄉於古早之前曾發生之事，老夫想避免有人因此等理由遭到殺害。」

原來是這麼一回事嗎？

路塔想要提供救贖之路給體內寄宿著最後一個楔子的人，這表示我們正確地沿著那條救贖之路來到了這裡。

「既然如此，你為什麼沒有告訴拜提絲這件事呢？與其留下這種線索，倒不如留在王家的紀錄上——」

「老夫不想告訴那人此地之事。」

路塔打斷我的話，這麼說了，

「此地略微特殊。老夫通過該物回到了原本的世界——與妻小告別了。」

沒有手的手臂指示著銀色火焰。

「該物為不下千年之前來自老夫世界的男人之墳墓，一如老夫能夠看透楔子的所在處，從老夫的世界來到此地之人被賦予宛如神的超越魔法之力。長眠於此的男人遺骸冒出永不消滅之火焰，持續燃燒至今，且該火焰具備燒盡命運之力。」

換言之，這表示路塔他不惜燒盡命運，也想回到原本的世界嗎？他究竟是想逃離什麼命運呢？

人影彷彿看透了我的疑問，開口說道：

「拜提絲不希望老夫回去。被那般強力的靈術給挽留，縱然是老夫也無法憑一己之力逃離。因此老夫只能藉由比魔法更高階之力將自己燒盡。」

潔絲將手貼在胸前，小聲地詢問：

「為什麼……為什麼您要逃走呢？」

「老夫以為能用這雙眼睛之力將梅斯特利亞變成理想國度。老夫太自負了，結果卻引發了大殺戮，還產生出耶穌瑪此等存在。老夫認為不能繼續將宛如神一般的力量留在此國。」

人影緩緩地抬起頭。雖然看不見臉，但能稍微瞥見他的眼睛。

照理說應該是左眼的部分，彷彿骷髏一般開了個黑洞。

能看透楔子所在處的眼睛，給予王朝之祖壓倒性力量的眼睛，我們為了獲得剩餘的楔子曾經利用的——路塔之眼。

「進入正題吧。」

人影張開雙手，面向瑟蕾絲那邊。

「除掉楔子的方法很簡單，只要跨越那個火焰即可，也就是在此處與導致自己死亡的命運訣別。火焰會燒盡所有汝之魔法根源吧，契約之楔將與汝身為魔法使的命運一同消失無蹤。」

一陣涼爽的風吹過。喜悅之情慢慢地湧現上來。

我們這趟旅程、這次逃亡並非白費功夫。追查路塔遺留下來的痕跡，讓我們成功找到了瑟蕾絲可以免於一死的方法。

「好厲害！瑟蕾絲小姐！真是太好了呢！」

潔絲看似很高興地這麼說了。

我們不斷逃亡，千里迢迢來到這裡是值得的啊。

「這樣就能回到諾特身邊了啊。」

「呃……」

瑟蕾絲的大眼睛感到困惑似的游移著視線。

人影問道：

「怎麼了？」

「……意思是只要通過這個火焰，我就再也無法使用魔法了嗎？」

「正是如此。汝必須有付出代價之覺悟。要失去性命或失去魔力，二選一。」

「咦………」

瑟蕾絲的樣子不太對勁。

她看向火焰，倒退了幾步。看起來簡直像是在排斥好不容易找到的救贖方法。

無法再使用魔法這點，或許的確是個很大的打擊。不過跟死亡相比之下，應該要好上太多了吧。她為何會在這時感到猶豫呢？

「噯，瑟蕾絲，妳怎麼啦……？」

瑟蕾絲激動地用力搖了搖頭。

接著，她突然背對火焰，拔腿就跑。

「瑟蕾絲小姐！」

即使潔絲這麼大叫，瑟蕾絲也沒有停下來。

嬌小的背影轉眼間就消失在城堡瓦礫的另一頭了。

能派上用場就是我的生存價值

那時的火焰，如今也烙印在我的雙眼中。

那個將巴普薩斯——將養育我的村莊燒掉的猛烈火焰。火焰實在太過刺眼，令我分不清東西南北。我驚訝地心想原來火焰是這麼可怕的東西嗎？

但就在同時，那個火焰也讓我覺得有一點開心。

因為火焰讓我可以離開村莊，獲得自由了。

我被綁在村莊裡之際，諾特先生成了階下囚。

雖然無力的我也沒辦法做些什麼，但明明諾特先生說不定會死，我卻待在村莊裡，什麼也辦不到，我實在無法忍受這種狀況。

那個火焰把養育我長大的村莊、把瑪莎大人的旅店燒掉了，我居然會因此覺得開心，實在是個很壞的女孩。

但如果沒有那個火焰，我就無法去見諾特先生。

我就無法獲得自由。

我離開村莊，與羅西先生、薩農先生以及混帳處男先生一起前往北方。

縱然沒有我去幫忙，諾特先生也逃出生天了。這是理所當然的，因為諾特先生就是那樣的人物。縱然沒有我在，他也能夠生存下去。

我在尼亞貝爾這個寧靜的港都與解放軍的成員們會合了。聽到諾特先生也會立刻前來，我的心跳一口氣加速了起來。

再過不久就能見面——一想到能夠見到諾特先生，我就開心得像要飛起來一樣。但立刻有一股沉重的不安襲向了我。

諾特先生覺得我是怎樣的人呢？

解放軍的英雄是怎麼看我這種村姑的呢？

當我在村莊裡過著平凡生活時，諾特先生應該在進行我根本無法想像的戰鬥吧。而我在旅店洗盤子時，諾特先生正在北部的鬥技場進行賭上性命的交鋒。

我想在諾特先生心中，我一定漸漸變成了一個渺小的存在吧。

這是無法避免的事。

薩農先生舉出了我能辦到的事情，例如用黑色立斯塔幫忙治療等。

混帳處男先生鼓勵我，說只要陪伴在身旁，就不會變成渺小的存在。

我也回想起跟諾特先生一起度過的無數日子。

但是，那樣果然還是不夠。

諾特先生一直追逐著已故的伊絲小姐，一路奮戰到現在。諾特先生的腰上總是掛著使用了伊絲小姐骨頭的劍。

諾特先生的內心沒有我可以介入的空隙。

我甚至覺得自己可能會被遺忘。我們一起度過的那些日子，或許會被降臨在諾特先生身上的種種殘酷命運輕易地掩蓋過去——我無法消除這樣的想法。

那些對我而言十分幸福的平凡日子，對諾特先生來說，肯定真的是再平凡不過的日子。

只要稍微出現負面想法，就會不斷往壞方向去思考，是我的壞習慣。

諾特先生並沒有忘記我。

在船上重逢之際，諾特先生確實地呼喚了我的名字。

然後——他說了：「如果想回去，隨時都可以講。」

我早就知道了。對諾特先生而言，我就是這種程度而已。

想回去的話就可以回去——就只是這種程度的存在。

我努力去做自己能辦到的事情。我用約書先生給我的黑色立斯塔治療了諾特先生的傷，傷口漂亮地癒合了。

後來，我拚命地跟著諾特先生一起行動。

只要有我能辦到的事情，無論什麼事我都打算去做。那就是我待在諾特先生身旁的理由。

所以諾特先生在送行島因詛咒而倒下之際——我沒有一絲猶豫。

我請荷堤斯先生卸下項圈，承接了死亡詛咒。我是認真地覺得為了諾特先生而死也無所謂。

如果死了，就不能待在一起。但不知能否像伊絲小姐那樣，讓諾特先生把我身體的一部分配戴在他身上呢？要是可以就太好了——我當時這麼想著。

結果我並沒有死。其他人使用了契約之楔這個梅斯特利亞的至寶，解除了我的詛咒。雖然不清楚詳細的結構，但聽說卸下項圈的我已經變成了魔法使，將楔子用在魔法使身上的話，會發生脫魔法這種現象的樣子。據說詛咒就是因此而消失了。

就這樣，我變得能夠使用魔法了。

所謂的魔法相當複雜，不是能夠立刻學會的東西。我一開始是練習從以前就會使用的治癒，練習不用黑色立斯塔來治癒傷勢。這個魔法我立刻就學會了。因為諾特先生是個經常受傷的人，我的魔法非常有用。我不用透過祈禱這種形式，無論是怎樣的傷，都能夠立刻治癒。

在薩農先生的建議下，我也試著挑戰模仿以前羅西先生使用的魔法道具。會有這樣的想法，是因為諾特先生與他的搭檔羅西先生一起狩獵了很長一段期間，如果有人能夠負責跟羅西先生一樣的任務，應該會很方便吧。像是讓地面凍結變成泥沼，或是引發小規模的爆炸，以及發出人類聽不見的聲音等。雖然不管哪樣魔法都還很生澀，但我也練習到多少能夠使用的程度了。我想一定是因為有契約之楔強化了魔法。

我的魔法不用依賴道具，可以無限次使用，況且也能加以應用，就跟我希望的一樣，派上了很大的用場。雖然我本身並不聰明也不夠機靈，但因為身旁總是有薩農先生或約書先生在，只要按照他們說的使用魔法，就能夠協助諾特先生他們。

聽說也有多虧了我的魔法，才得以戰勝的情況。當然那只是最終的結果論，即使沒有我在，我想解放軍的成員應該也會在戰鬥中獲勝，但就算這樣，大家的讚美還是讓我非常開心。

諾特先生似乎對我的成長大吃一驚。雖然他沒有說出口，但一定對我刮目相看了。那個只會哭哭啼啼的迷糊蟲瑟蕾絲，變得可以像羅西先生一樣協助戰鬥，況且無論何時都能在眨眼間治癒傷勢。

魔法變成了我的生存價值。

因為有魔法，我才能幫上諾特先生的忙；因為有魔法，我才能當個特別的存在。我感謝自己生為耶穌瑪，而不是普通的女孩子。

我總算有了能夠抬頭挺胸陪伴在諾特先生身旁的理由。

第四章 說話時要好好注視對方的眼睛

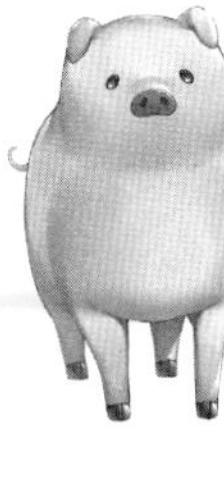

瑟蕾絲蹲在崩塌得面目全非的瓦礫陰影處，朝向這邊的背影看起來非常弱小無助。我跟潔絲兩人緩緩地走近。

「……瑟蕾絲小姐。」

聽到潔絲謹慎地搭話，瑟蕾絲原本就低著的頭更進一步面向下方了。

我跟潔絲面面相覷。潔絲露出困惑的表情。

「噯，瑟蕾絲，妳怎麼啦？如果有什麼煩惱，我們可以聽妳說喔。」

她沒有回應。

「……假如妳不想被我聽見，那說給潔絲聽就好。」

「假如您不想被我聽見，那說給豬先生聽就好唷。」

我們發揮出神祕的搭檔默契，但瑟蕾絲緩緩搖了搖頭。

「不……不是的……對不起，不是那樣的……」

她的聲音小到讓人覺得彷彿蚊子叫一般這種形容非常貼切。

「假如妳不想被我們聽見，那我們會離開現場。」

「那樣就會變成她在自言自語耶……」

聽到這不合時宜的對口相聲，瑟蕾絲仍是一點笑容都沒有。

「那個……我稍微嚇了一跳……想要有思考的時間……」

面向這邊的瑟蕾絲雙眼紅腫，但沒有流下眼淚。

潔絲用很自然的動作在瑟蕾絲身旁坐了下來。

「瑟蕾絲小姐也請坐。我們一起思考吧。」

老實的瑟蕾絲在潔絲身旁暫且坐了下來。我則是坐在與潔絲相反的另一邊，中間夾著瑟蕾絲。

「我……腦袋裡變得一團亂……不曉得該怎麼辦才好。」

「既然如此，就先試著整理一下狀況吧。」

潔絲溫柔地露出微笑，豎起食指。

「我會提出一些問題，請妳簡單地回答那些問題。」

瑟蕾絲點了點頭。

「那麼首先……現在讓瑟蕾絲小姐妳感到痛苦的東西是什麼呢？」

「是……契約之楔。」

「為什麼呢？」

「都是因為有契約之楔在我身體內……整個國家才會變得很奇怪，給大家添麻煩。」

「那麼，要阻止這種狀況的方法是什麼呢？」

瑟蕾絲一臉不安地看向她逃離的方向。席特並沒有過來這邊。

「……就是我死掉，或是我通過那個火焰與魔法訣別。」

「妳會選擇前面那個方法嗎？」

瑟蕾絲柔弱地搖了搖頭。

「那麼……妳會選擇後面那個方法嗎？」

瑟蕾絲沒有點頭。潔絲一臉嚴肅地看向了我。

「……也就是說，瑟蕾絲不想放掉魔法吧。」

瑟蕾絲停頓了一陣子後，點了點頭。

我用視線制止彷彿會開口問「為什麼」的潔絲。

我看向瑟蕾絲的側臉，領悟到她的本意。這搞不好是潔絲反倒無法理解的事情。

像異世界故事的主角一樣優秀、像晨間劇的女主角一樣積極樂觀、像迪士尼公主一樣強大的潔絲是無法理解的——

「不能使用魔法的話，自己就沒有待在諾特身旁的價值了——瑟蕾絲是這麼想的吧。」

「怎麼會！怎麼可能有那種事呢！」

潔絲當然會像這樣否定——就像她以前安慰我那樣。

但這些話必須由諾特來說才有意義。

像我和瑟蕾絲這樣無法抱持自信的個性，就算受到客觀的鼓勵，也沒什麼效果。曾經是當事人的我非常清楚。

瑟蕾絲依舊很難受似的低著頭。

「噯，潔絲，那個銀色火焰會幫忙燒盡有勇氣面對命運的人的命運吧？就像故事裡的魔法使少女那樣，否則那個人就會連同存在一起被燒光。如果瑟蕾絲無法打從心底秉持確信做出決斷，說不定會本末倒置。只靠我和潔絲來鼓勵她是不行的。」

「那麼，該怎麼做……」

能不能把諾特叫到這裡來呢？要這麼做應該很困難吧，至少不可能立刻實現。不過，也只能找諾特——

「你們好像在煩惱啊？」

只見席特就站在眼前。

「因為你們把我丟在那個詭異男人那邊，讓人如坐針氈，我忍不住就跑來了。我並不是在偷聽你們說話。」

席特依舊將表情藏在鬍鬚臉底下，以黑色眼眸看向瑟蕾絲。

接著，他看向我跟潔絲，開口說道：

「能讓瑟蕾絲小妹跟我兩人稍微獨處一下嗎？」

「為何？？？」

我擋在瑟蕾絲前面保護她。

「別緊張，我並不是有像你那樣的邪念，當然也不打算危害她。我是想破例把我的祕密，只告訴瑟蕾絲小妹一個人。」

「我從來都沒有什麼邪念好嗎……你是說真的吧？」

「真的，相信我吧。龍族不會說謊。」

就算他講這種像邏輯謎題一樣的話……應該說祕密是什麼啊？

「豬先生。」

潔絲一邊呼喚我，一邊站了起來。

「試著相信席特先生看看吧。」

看到那雙清澈的眼睛，我決定相信潔絲打算相信席特的判斷。

「那麼，我們在那個火焰前等候。等你們說完後，請過來找我們。」

「好，我知道了。」

我跟潔絲按照約定回到訣別火焰那邊。那裡已不見亡靈的身影。

結果席特將瑟蕾絲毫髮無傷地帶回來了。

「……我決定了。我要鑽過那個圓圈——鑽過火焰。」

瑟蕾絲的語氣十分堅定。

「真的嗎！」

潔絲看來很高興地大喊。瑟蕾絲點了點頭，開口說道：

「我決定只要還有一丁點可能性……無論是多麼嚴峻的道路，都要選擇那邊，因為這樣比失去一切要好太多了。」

「太好了……我也認為您說得沒錯。您做了充滿勇氣的決斷。」

所謂的決斷，是指與某些事物訣別，斷絕關係，經常會伴隨著痛楚。面臨實在過於辛酸的命運之際，有時也會覺得與其做出決斷，不如乾脆選擇逃避比較輕鬆。不過，比起因為逃避而失去一切，不如在自己內心決定要失去什麼會比較好。

「……你究竟說了什麼？」

聽到我這麼詢問，席特輕輕聳了聳沒有拄著拐杖那側的肩膀。

「我只是告訴她，只要活著，總有一天一定會發生意料之外的奇蹟。」

他看來沒有要告訴我祕密的內容。

不過，意料之外的奇蹟嗎？雖然覺得他好像太低估諾瑟的可能性了，但我覺得這句話還真是不錯。只要可能性並非零，就很值得去挑戰。光是瑟蕾絲願意去嘗試便足夠了。無論席特跟瑟蕾絲講了什麼祕密都無所謂。

瑟蕾絲站在火焰前。因為她個頭嬌小，用灰色岩石製成的圓圈看起來更顯得巨大。熊熊燃燒的火焰以白色光芒照亮著瑟蕾絲的臉。是覺得熱，還是感受到壓力呢？瑟蕾絲表情嚴肅地蹙起她細長的眉頭。

沒有花太多時間。

瑟蕾絲往前踏出一步。銀色火焰旺盛地燃燒起來，遮蓋住她的全身。

潔絲發出「啊」的一聲。我的視線也緊盯著這一幕光景。我有一瞬間以為我們失去瑟蕾絲了，火焰此刻猛烈到甚至包覆住巨大的圓圈。

但瑟蕾絲回來了。從火焰另一頭現身的瑟蕾絲，用至今不曾看過的堅定腳步前進著。

我看到一旁的席特抬起頭，也跟著望向天空。

「天空……」

聽到我這麼催促，潔絲同樣看向上方。

「啊……」

天空──原本紅色的天空彷彿融化似的轉變成了藍色。不，這可以說是藍色嗎？說不定是水色，也可能是名稱更加複雜，我不知道怎麼稱呼的顏色。

我能夠肯定說的是，這才是我們快要遺忘的真正天空顏色。

瑟蕾絲回來後，潔絲飛奔上前緊抱住她。

「您辦到了呢！」

「是的……給大家添麻煩了。」

我一邊感到鬆了口氣，同時也走向兩人那邊。

「很好，確認一下瑟蕾絲的胸口吧。看看楔子是否真的消失了。」

我試著正經地這麼說，但果然還是被拒絕了。原本位於瑟蕾絲胸口的那個會發光的裂痕，由潔絲確認已經消失無蹤。我沒有資格進行確認。

哎，就別計較這些了吧。

寄宿在瑟蕾絲體內的楔子已經消失。縱然瑟蕾絲沒死，世界也正在恢復原狀。

「這樣事情就解決了啊？總覺得過程好像太簡單了點。」

看到我這麼說，潔絲疑惑地歪頭。

「…那個——」

「怎麼了？」

「豬先生還在說話。」

我以為她是繞圈子在叫我閉嘴，很後悔惹溫柔的潔絲這麼生氣。

「抱歉，我再也不會對瑟蕾絲的胸部表現出任何興趣了。我說真的。」

「……呃，我不是那個意思……我是說在這個世界，正常來說，豬先生是不會說話的。」

這麼說來，的確是這樣。

假如那個超越臨界什麼的已經完全結束，我應該又得在內心獨白前後加上括號來對話才行吧？為何我還能普通地跟她們交談？

「果然——」

我轉過頭去，只見黑色長袍人影從兜帽底下看著這邊。

「老夫會在此出現，表示此國尚未完全復原。」

畢竟豬也還在講話。

「這究竟是怎麼回事呢？」

聽到我這麼詢問，人影默默地思考一陣子後，從懷裡拿出了一張紙。不只是否因為重視與服裝的統一感，那是一張漆黑的紙。

接著，他將那張紙交給潔絲。

「這是……」

「老夫將要讓世界復原還缺少的最後一塊碎片記在那上面了。」

潔絲立刻將漆黑的紙張不斷翻面，尋找記述。從她的樣子來看，上面似乎什麼也沒寫。

「老夫動了些手腳，現在是看不見的。倘若汝等做好得知真相的覺悟，到忘卻之泉清洗即可。」

人影看似含意深遠地稍微將臉面向我這邊。

說了這些讓人感到驚恐不安的話後，人影不等我們回應，便彷彿煙一般消失無蹤了。

太陽逐漸西下，藍天自然地變化成晚霞。

我們成功地在天黑前回到被兩座塔夾在中間的廣場。

我們就跟前一晚一樣，在白塔準備就寢，很自然地聊到了明天的話題。

「無論你們今後要前往何處，我都會與你們同行。」

席特用單腳靠在牆壁上，淡淡地這麼說了。

「路上危機四伏，我一定能派上用場才對。」

「感謝你。」

這麼說道後，我思考起來。接著要前往哪裡？

「考慮到路西耶城那件事，要跟修拉維斯直接對話感覺不太可能。雖然好不容易讓瑟蕾絲獲得自由了，但要是王朝不相信我們，堅持要搶走瑟蕾絲就沒意義了。首先必須好好地安排一個可以交涉的場合。」

瑟蕾絲已經睡著了。她旁邊的潔絲坐在棉被上，開口說道：

「去依靠解放軍的成員如何呢？他們應該會好好地保護瑟蕾絲小姐。即使王朝軍打算進攻，說不定也能以停戰交涉這種形式提出交涉。」

「這主意不錯。雖然不錯……」

但我想盡可能避免會爆發出新的紛爭的行為。倘若王朝軍知道我們把瑟蕾絲交給解放軍，他們有十足可能會舉兵進攻。如果變成那種情況，沒人能保證一定可以提出停戰交涉。

但另一方面，對於不肯聽人說話的修拉維斯，也沒人能保證可以只靠我們說服他接受瑟蕾絲的事情。

失敗會成為致命傷。萬一沒必要死的瑟蕾絲遭到殺害——那才是最大的悲劇。

必須好好擬定計畫，以免發生那樣的事情。

「原來如此。碰到這種時候，關鍵就在於連敵軍都無法對應的迅速行動。」

席特似乎從我們的對話中了解了大概的事情。

「首先要直接把瑟蕾絲小妹交給解放軍。交給他們之後，你們兩人便立刻前往王都，向陛下提出停戰交涉。瑟蕾絲小妹則趁這段期間，跟包括我在內的一部分解放軍精銳成員一同從據點出發，私下前往王都。只要以不會被追蹤的速度移動，就不用擔心被對方進攻據點。等做好交涉準備，我們也會進入王都，一邊保護瑟蕾絲小妹，一邊出席這場交涉——如此一來，便能避免王朝軍與解放軍開戰吧。只要親眼目睹瑟蕾絲小妹沒有魔力，陛下一定也會明白根本用不著殺害瑟蕾絲小妹。」

「哦哦，原來如此。」

潔絲感到信服。不過事情會這麼順利嗎？

「你能夠進入王都嗎？況且追根究柢，要是被王朝抓到，你會被處死的。」

「這點小事總有辦法的吧。你以為我是誰？」

鬍鬚臉的戰國混帳老爹……？

「……我明白了。那麼總之先以這個方向行動吧。」

雖然還殘留著他是否真有辦法的疑問，但這點也不是我該擔心的事情吧。

最糟的情況下，我們還可以趁席特當誘餌吸引對方注意之際，讓瑟蕾絲逃走。

聽見牛鈴的聲音，讓我暫且鬆了口氣。

我人在咖啡廳裡，是以前曾來過一次的店，古典的氛圍，並排在牆上的茶杯。店裡雖然很熱鬧，但不可思議的是我無法聽清楚周遭的人交談的內容。

「小豬先生。」

一個穿著病人服的少女坐在最裡面的餐桌座位前。這是我第二次見到她，雖然是還有點陌生的模樣，但可以從她特殊的稱呼方式知道她是布蕾絲。

「……其他人呢？」

聽到我這麼問，她沒有回答，而是請我坐到對面的座位上。我爬上椅子坐好。

既然她邀請我坐到這個座位上，就表示冰毒並不在這裡嗎？

這應該不算是花心吧……？

「在這次之前，我也好幾次試圖找小豬先生過來喔。但不知您是否很忙碌，您一直遲遲沒有出現。我想冰子跟薩農先生今天應該沒辦法過來。」

「喔，這樣啊……抱歉，我那邊有一點手忙腳亂，這幾天都不太能安穩地睡上一覺，所以也沒有作夢。」

夾在潔絲與瑟蕾絲中間睡之際，整個晚上都彷彿置身夢境一般，根本不是作夢的時候。

因為要把瑟蕾絲交給解放軍，我打算跟兼人取得聯絡，於是好好地確保了睡眠時間，看來這麼做似乎奏效了。但最關鍵的兼人還沒有來。這種情況是否得拜託布蕾絲轉達呢？

一方面也是為了安全地與解放軍聯繫，我想先跟兼人好好談一下。

不知是怎麼解讀我的表情的，布蕾絲用擔心的眼神看向我這邊。

「……梅斯特利亞現在陷入很不得了的情況呢。」

「是啊。雖然正慢慢地在變好啦。」

「世界變貌明明只是一瞬間，要改變世界卻得耗費龐大的時間。小豬先生們是打算改變那個世界吧？這是非常了不起的行為。」

「是這樣嗎……謝謝妳。」

原來她是會思考這種事的人嗎？我感到有些意外。

我在梅斯特利亞遇見的布蕾絲是個感到絕望、想法悲觀，只是一心盼望著前往不同世界的寡言少女。她原本一定——在遭遇到悲慘的經驗前，她一定是個也會思考世界的發展，充滿思想的少女吧。

「感覺小豬先生愁眉苦臉的。」

「看起來這麼明顯嗎？」

「是的。完全是顯而易見喔。」

「哎……因為要煩惱的事情實在太多了點。」

聽到我這麼說，布蕾絲將身體稍微傾向這邊。

「其中一件事是否跟潔絲小姐相關呢？」

「……妳為什麼會這麼想？」

「因為我請求小豬先生回來這邊時，您看來非常苦惱的樣子。我想您應該是對留下潔絲小姐回到這邊一事感到遲疑吧。」

被她說中心事，我好一陣子說不出話來。

「……才……才不是那麼回事……我說過了吧，我是在這邊的世界有該做的事情。」

「是這樣嗎？我一直以為比起世界的將來，小豬先生更在意是否能與潔絲小姐待在一起。」

我又再次找不到該說的話。

她說得沒錯——我變成那樣的人了，從跟潔絲一起朝北邊前進的那趟旅程結束後。

我稍微煩惱了一下，心想既然是面對布蕾絲，應該可以老實地說出來吧。

「其實就跟妳說的一樣。我覺得那邊的身體快死掉是一件大事，也知道假如真的死掉，會給冰毒等人造成很大的困擾。但我果然還是無法徹底放棄跟潔絲在一起這件事。」

我彷彿機關槍似的這麼說道後，看向布蕾絲。

「噯，妳覺得我該怎麼做才好？」

布蕾絲停頓一陣子後，緩緩地開口說道：

「我不曉得。我想我也無法給予適當的建議。」

哎，我想也是啦。

最了解我跟潔絲的人，一定只有我跟潔絲而已。向其他人徵詢答案——更何況是沒交談過幾句話的布蕾絲，根本不合情理。

「……但我想告訴您一件事。」

「什麼事？」

布蕾絲溫和地露出微笑。

「不曉得該怎麼做的時候，就去尋找可以成為路標的星星吧。」

這番話似乎在哪聽過。

「您知道北方星（Salvia）嗎？是在梅斯特利亞的北邊天空不斷閃耀發光的祈願星。」

「嗯，是很漂亮的紅色星星。」

「沒錯。迷路的時候，祈願星會指引我們方向。不曉得該怎麼活下去之際，就去尋找對小豬先生而言的祈願星吧。」

「原來如此啊……」

對我而言的星星是什麼——這種事還用說嗎？

「謝謝妳，很有參考價值。」

「如果能幫上您的忙就太好了。」

布蕾絲緩緩地低頭回禮，病人服的胸前鬆垮而下，變成非常危險的感覺。

盛開的向日葵實在太過耀眼，讓我移不開視線。

在周圍那些五顏六色的燈光燦爛地照耀下，那對豐滿的球體全貌——

「Merlin's beard（梅林的鬍子）!!」

突然從旁邊傳來的聲音讓我連忙轉過頭去。

被迫穿上荷葉邊洋裝的山豬從地板抬頭仰望著我們。

「兼人！你來了啊。」

本來跟兼人談話才是我的目的，但時機太不湊巧，不小心冒出不歡迎他的語氣了。

「是的，我剛剛才到這裡。旁邊請借我坐一下。」

山豬一邊這麼說，一邊往上爬到我旁邊。

他在超近距離下看向我這邊。

「這場幽會（約會），我會向潔絲妹咩（小姐）保密的。」

他標記注音的方式也太特殊了吧……

「總算見到面了。我有很多事想跟蘿莉波先生說喔。」

「我也是。」

布蕾絲從對面的座位一邊喝茶，一邊目不轉睛地眺望著我們的樣子。

豬跟山豬向彼此報告近況。是能夠信賴的夥伴，我極力毫無保留地說出一切。

我告訴兼人關於我們跟瑟蕾絲的逃亡之旅，還有席特的事情。兼人在他知道的範圍內向我說明解放軍的現狀。解放軍的幹部目前似乎待在繆尼雷斯。據說他們似乎不太肯提供情報，但還是能見面談話，所以能夠向他們傳達這邊的要求。

為了證明瑟蕾絲的清白，希望解放軍可以協助我們，實現與修拉維斯的會面——我這麼傳達之後，兼人可靠地點頭應允了。

「如果是為了瑟蕾絲(瑟蕾絲)妹咩，大家應該都願意協助吧。你們那邊有席特先生(王牌)在這點也讓人感到安心呢……雖然還是有一點讓人擔憂的地方。」

「擔憂的地方是指？」

「哎，雖然以戰力來說實在非常可靠，但伊茲涅小姐和約書先生應該相當討厭席特先生(混帳老爹)吧。他們說不定不太想見到他。」

「也是啊……那麼，麻煩你先別告訴任何人有席特在這件事。就當作是我擅自帶他過去，讓他們碰面的。」

「了解。那麼剩下的問題就是要約什麼時候在哪邊見面呢。」

我看著山豬圓滾滾的大眼睛，思考起來。必須小心一件事才行。

「這麼說來，我很在意一件事……」

我向兼人說明修拉維斯很快就知道瑟蕾絲失蹤這件事。解放軍的幹部很有可能遭到竊聽，或是有間諜潛入。要是傻傻地直接帶著瑟蕾絲前往，萬一在進行交涉前就被修拉維斯得知瑟蕾絲的所在處，可就傷腦筋了。

「啊～……」

兼人看似沒有很意外地接受了這件事。

「大家好像也因為王朝軍的行動，一直在懷疑這件事。結果調查之後，似乎是提供活動地點的男人與王朝軍（那些傢伙）有勾結，在提燈裡裝了竊聽用的立斯塔。我們已經換了地點，所以我想暫時是不要緊的。」

雖然兼人說得若無其事，但修拉維斯也真是心狠手辣啊。

他給潔絲用來代替GPS的手鍊，又竊聽解放軍的潛伏地點。

至少這不是該對同伴或想挽回友誼關係的對象做的事情。

他真的變了個人呢——我這麼心想。

「抱歉啊。雖然我們一直試著要修拉維斯釋出善意……但最近甚至連要跟他取得聯絡都有困難。」

「請不用放在心上。我也是多虧有奴莉絲，才能夠待在解放軍裡（內部）。但他們要商量重要的事情之際，常常會把我排除在外……我力有未逮，深感慚愧。」

山豬很懊惱似的咬牙，接著重新面向這邊。

「哎，不過保險起見，還是別在我們的據點（秘密小屋）見面吧。請你們到繆尼雷斯的西邊，位於水之聖堂後方的噴水廣場。我們會在約定的時間派人前往。」

「感謝你。等天亮之後，就約在後天正午可以嗎？」

「你們在很遠的地方呢……我明白了。我會確實地轉告他們。王朝軍好像出動了不少士兵，你們那邊有瑟蕾絲妹咩（逃亡者）與席特先生（叛徒）在，還請千萬多加小心。」

「謝謝你。萬事拜託了。」

然後我們暫時把布蕾絲捲進來，聊了些沒必要打成逐字稿的愉快阿宅話題，聊著聊著就到了早上，陽光喚醒了我。

「總覺得有花心的氣味。」

潔絲眼尖地開始嗅起我身上的氣味，讓我忙著向她辯解。

我們花了整整兩天，抵達南部的商業都市——繆尼雷斯。

是個令人懷念的城市。這是我們在最初的旅途中與被囚禁的布蕾絲相遇的城市，現在也一樣有許多大型建築物擁擠地櫛比鱗次，人群和馬車熱鬧地在寬廣的大馬路上來往交錯。天空是普通的藍色這點讓人十分開心。

雖然是個晴朗的白天，但我們選擇走微暗的小巷。

「你們是跟解放軍的人約在這個城市碰面的吧？」

席特邊走邊留意其他人的視線。少了一隻左腳的拐杖男人十分引人注目，倘若被王朝的相關人士發現，他身為暗殺修拉維斯未遂的犯人，會立刻遭到逮捕吧。在席特遭到調查之際，被人發現瑟蕾絲的存在也很不妙。

「是啊。我們約在正午，所以他們應該快到了。」

聽到我這麼說，席特緩緩地吐了口氣。

「承蒙你們不少照顧。我要向你們道謝。」

潔絲立刻揮了揮手，表示不敢當。

「哪裡，我們才是一直受到席特先生幫助，什麼都辦不到……」

「沒那回事。」

席特毫不猶豫地斷言了。

「我一直為了自己而活。在失去一切後，像這樣被賦予為了他人做些什麼的機會，應該是天命吧。因為有你們來到我身邊，我才總算能找到新的目的。我是為了這件事在感謝你們的。」

雖然不是很懂他說的話，但我隨便地點頭附和。

我不記得有為席特做過什麼。不過既然他主動感謝我們，沒有比這更好的事了吧。

席特彷彿監護人一樣走在瑟蕾絲的後面，同時自言自語似的低喃：

「經歷了從最底層往上爬到當官的過程，我明白了一件事。」

席特像這樣主動述說什麼讓我十分意外。

「結果能在這個世界戰勝活下來的，都是些像我一樣任性妄為且充滿攻擊性的人。明明其實必須由像你們一樣為他人著想的善良人類來掌舵才行。這是我任性地活了大約五十年後，所得到的結論。」

他簡直像是在交代遺言般地說道。

潔絲似乎在尋找否定的話語，席特用認真的眼神看向那樣的她。

「希望你們可以盡可能用好一點的方法，比我更正當地活下去……假如有機會，能請你們不著痕跡地把這些話也轉達給我的孩子們嗎？」

潔絲露出困惑的模樣說道：

「我們等下就要跟解放軍碰面了，伊茲涅小姐和約書先生一定也會前來。您何不直接告訴他們呢？」

「我沒有資格向孩子們講述這些像說教一樣的話。說到底，我甚至沒有權利跟他們普通地說話。」

席特搖了搖頭之後，不知為何很開心似的說道：

「拜託你們嘍。你們正是希望。」

可以在前方看到目的地——水之聖堂，我們在這邊停止了對話。

先由潔絲去偵察周圍情況，確認安全無虞之後，我們才前往目的地。

那對姊弟在約好的噴水廣場等候著我們。

「啥啊啊啊啊？我可沒聽說喔，喂。」

看到遮住臉的拐杖男的瞬間，伊茲涅便毫不掩飾驚訝地這麼說了。

約書也一臉不快地蹙起眉頭。

「這是什麼意思？」

兩人都攜帶著慣用的大型武器，已經做好隨時能拿出來的準備。

「別鬧了，你們就連比腕力都沒贏過我吧。」

「那都是幾百年前的事情啦？」

伊茲涅一臉傻眼地說了。約書也像要助陣一般冷淡地說道：

「別現在才擺出父親的架子好嗎？」

一碰面就被自己的孩子們拒於千里之外，席特無奈地在噴水池旁邊坐了下來。

把出人頭地擺第一的混帳老爹，把重要的人交給王朝的叛徒——對伊茲涅與約書而言，席特幾乎就是這樣的人。

兩人以彷彿看到野狗的眼神瞥了父親一眼後，朝瑟蕾絲露出笑容。約書開口說道：

「妳能平安回來真是太好了。」

「……謝謝您。」

「聽說是你們幫忙照顧她的？」

聽到伊茲涅這麼問，潔絲有些猶豫地點了點頭。

「是的。但與其說是照顧……感覺更像是一起逃亡就是了。」

約書用一如往常的三白眼看向我。

「我聽兼人說嘍，關於楔子的問題好像差不多解決了？」

他的眼睛仰望天空。感覺十分舒適的春季天空上，零星地飄著幾朵白雲。

「沒錯。接下來只要跟修拉維斯進行交涉，告訴他已經沒必要殺害瑟蕾絲，讓他能好好地理解這件事就好。」

聽到我這番話，伊茲涅嘆了口氣。

「你又提出了一個很困難的要求呢。陛下好像變得挺瘋狂的，不是嗎？」

「這是為了保護瑟蕾絲小姐。求求您，請助我們一臂之力。」

潔絲深深地低下頭懇求。約書輕輕揮了揮手。

「是無所謂啦，畢竟我們就是為此而來的。」

兩人已經看都不看坐著不動的席特一眼。

「但真的沒問題嗎？靠我們帶瑟蕾絲過去是無妨，但誰能保證那傢伙一定會理我們？你們也有聽說邀請移居的事情吧？」

「邀請移居……」

潔絲這麼低喃。畢竟發生過艾莎莉絲那件事，雖然有察覺到這個詞不太吉利，但我們聽說的情報只有這是邀請耶穌瑪移居到王都的政策。其他事情讓我們分身乏術，所以也沒有餘力去思考詳情。

約書用嚴肅的語氣說明：

「南部這一帶是還好，但王朝軍那些傢伙，開始不斷強制帶走曾是耶穌瑪的女孩們，根本不管她們本人的意願，即使主張不願意也會被帶走。邀請只是形式上的說法，王朝打算把原本是耶穌瑪的女孩都無一例外地強制帶回王都，跟解放軍有關係的女孩也已經被帶走好幾個人了。」

「果然是這麼一回事嗎……」

我懊惱地咬牙。在路西耶城被帶走的艾莎莉絲也是——表示不想跟老爺子分開的那個艾莎莉絲也是——一定是因為我們才會被王朝軍發現，然後被強制帶走吧。

儘管用邀請移居這個名稱掩飾，但結果根本不是邀請，而是強制。

這並非為了融合才施行的政策，只是假裝在融合的單方面計畫。

放任卸下項圈的耶穌瑪——也就是魔法使的少女們在外自由活動的狀況，對王朝而言果然還是過於危險，不能置之不理吧。

而就現狀來說，瑟蕾絲對王朝而言是更加危險的存在，因為修拉維斯目前應該依舊認為倘若讓瑟蕾絲活下去，世界的混亂就不會平息。

潔絲大為震驚似的將手貼在胸前。

「怎麼會……修拉維斯先生他……」

「所以說潔絲妹妹，雖然妳好像很信賴陛下，但結果他是個會做那種事的傢伙啊，根本不曉得他會不會好好聽我們說話，我們也不能傻傻地直接帶瑟蕾絲妹妹過去。再說就算我們帶她過去了，也不曉得他是否願意跟我們見面吧？」

伊茲涅這番話合情合理。

然而潔絲淚眼汪汪地反駁：

「修拉維斯先生是可以溝通的人物。他真的是一位非常善良的人。」

「我原本也是那麼想的，但是我錯了。」

「修拉維斯先生他……他的家人接連過世，責任與工作一下子都壓到他身上，況且魔法也朝錯誤的方向失控……他只是因為這樣才會變得不對勁。他的根本一定還殘留著深思熟慮且講理的部分。只要好好說明，他絕對會理解的。」

潔絲非常溫柔。她知道修拉維斯對我們做過的事，仍然試圖站在修拉維斯那邊。我彷彿在她身上看到了以前荷堤斯護航兄長的模樣。

約書以冷淡的聲音說道：

「雖然妳跟那個全裸大叔都這麼說，但我們可沒那麼天真啊。我們是客觀地依照他對我們做了什麼事來判斷。哎，雖然我們的做法同樣太過強硬，把那傢伙的母親逼入了絕境……但那傢伙不僅想欺騙我們，現在還朝著跟解放耶穌瑪不同的方向開始行動。結果那傢伙也跟他爛到不行的父親一樣嘛。」

「不對……養育修拉維斯先生長大的並非馬奎斯大人，而是他的母親大人。是維絲小姐灌注了一輩子的愛情，教導他所有事情的。我也從維絲小姐那裡學到了很多重要的事情。只要好好溝通，一定可以互相理解的。」

席特稍微做出反應，轉了轉脖子。是察覺到我的視線嗎？他悄聲地說道：

「你們也跟我一點都不像吧。沒有孩子一定會像到爛老爸的道理，因為爛老爸不會去教導孩子任何事情，也不會被孩子關心。」

席特講了些不知道該說很有說服力還是沒說服力的話，隨即站起身。

「如果覺得不安，這麼做就行了──由你們把我這個罪人帶去交給王朝，就用這種形式。對方可是要交出造反者，一直逃避有失身分，即使是陛下也得出面吧。就趁這時用突襲的方式讓他看到瑟蕾絲小妹。只要親眼目睹到瑟蕾絲小妹沒有魔力，陛下也不會立刻動手吧。」

姊弟倆什麼也沒說。我開口問道：

「這樣真的好嗎……？」

「什麼好不好？」

席特以「有什麼問題嗎？」的視線望向我這邊。

「呃，因為……要是這麼做，你一定會被殺掉的。」

「這點小事，我會自己想辦法處理。」

他真的有辦法處理嗎？

「哎，我是覺得既然那傢伙都這麼說了，倒也無所謂啦。反正就算他被處死，我們也不會傷腦筋。」

伊茲涅依舊面向旁邊，如此表示。約書也跟著附和。

「也是呢，說不定這樣正好。那傢伙最好體驗一下被交給王朝的心情。」

「很好，就這麼決定。」

因為席特本人這麼說，我跟潔絲也沒有異議。

就這樣，我們決定由龍族親子三人擔任護衛，護送瑟蕾絲到王都。

我跟潔絲為了完成事前準備，必須急忙趕回王都才行。

「……那個——」

瑟蕾絲難以啟齒似的開口了。

「請問諾特先生現在人在哪裡？」

聽到她這麼問，姊弟稍微互相對望。約書開口說道：

「他不知上哪去了。」

咦——從瑟蕾絲的嘴裡發出這樣的聲音。

「啊，不是，雖然知道他大概在哪邊啦，但現在沒辦法聯絡到他。可是，我想他應該很快就會回來了。大概啦。」

真是那樣嗎？約書說不定是不想被立場偏向王朝的我們知道諾特的行蹤，才故意說謊的。

不過，在這邊懷疑好不容易願意協助我們的兩人，也不合情理吧。

「那麼，伊茲涅、約書，拜託你們嘍。」

約書轉過頭來。

「我們會請兼人與奴莉絲跟我們同行。有事要聯絡時就透過兼人吧。」

「我知道了。我們會先一步前往王都，想辦法先告訴修拉維斯解放軍會帶席特前來這件事。我們會盡可能做好準備，讓你們能放心地進入王都。希望你們也能早點過來。」

「好。」

「瑟蕾絲小姐，也請您多加小心唷。」

聽到潔絲叮嚀似的這麼說，瑟蕾絲點了點頭。

「那個，真的謝謝您幫了我很多忙。」

「如果又碰到什麼問題，請您再來依靠姊姊唷。」

「好的……姊姊……」

✂姊姊✂

——姊姊。

姊姊。姊姊。姊姊。姊姊。姊姊。姊姊——

就在我滋潤腦內的妹妹資料夾之際，除了我跟潔絲以外的人都不見蹤影了。

針之森的東邊已經變成一片黑色焦土，燒剩的樹幹宛如樁子一般亂立在焦土中。映入視野的一切變成這樣的荒野，是令人相當震撼的光景。

已經燒掉的森林裡緊急打造了一條通往王都的寬廣道路，沒有馬匹的王朝軍馬車在那條路上來往交錯。看來好像是頻繁地在把什麼東西搬運到王都的樣子，但光從外面看不出來是在搬運什麼。

王朝軍的士兵聚集在馬車道的入口附近。潔絲勇敢地前往那裡與他們交涉，請他們幫忙安排一輛把我們載到王都的馬車。

瑟蕾絲不在的現在，我們似乎已經不是逃犯，而是被認知成王朝內部的人。雖然被他們詳細地調查了周遭，但結果還是獲准使用馬車了。在焦土上行走應該會讓人很憂鬱吧，所以能使用馬車真是謝天謝地。

因為是一條筆直的道路，也不會有迷路的問題。沒有馬的篷車靠潔絲的魔法咔鐺叩咚地順利奔馳著。我跟潔絲並肩而坐，感覺空氣裡還飄散著一些燒焦味。我們眺望著在焦味另一頭的王都。

就在我們前進了大約三分之一的路程時，篷車的車頂破掉，有什麼東西掉落下來。毫無預兆地掉落下來的某個東西伴隨著巨大的衝擊，埋進了堆在馬車貨物架上的木材裡面。

「怎麼回事？」

我以為是有人朝我們扔石頭，轉頭看向貨物架。

「要停下馬車嗎？」

「——就這樣繼續前進。」

這麼回應的不是我，而是被埋在木材裡的什麼東西。是諾特的聲音。

「……我知道了。」

潔絲沒有停下馬車。我再一次試著轉過頭看，只見堆積如山的木材倒塌下來，完全沒看見疑似諾特的人影。

「你好像被埋住了，不要緊嗎？」

「不要緊，沒問題啦……反倒應該說從外面看不見我比較好辦事。」

這毫無疑問，的確是諾特的聲音。

「諾特先生……您怎麼會在這裡呢？」

潔絲也對著木材山這麼詢問。

「我一直在監視，因為王朝如果要把瑟蕾絲或我認識的耶穌瑪送過來，一定會走這條路。」

原來如此，這下我就明白了。如果現在王朝經常把什麼搬運進王都，最有可能的就是耶穌瑪吧。這條寬敞的道路是用來把從全國各地邀請來的耶穌瑪搬運進王都的。

「瑟蕾絲不在嗎？」

潔絲用內心的聲音回答諾特的問題。

——她不在這裡。她跟伊茲涅小姐他們在一起。

——這樣啊……

（你以為是我們負責運送瑟蕾絲，才闖進來的嗎？）

——哎，就是這麼回事。打擾你們啦。

傳來了諾特把木材推開的喀啦喀啦聲響。

——請等一下！

潔絲這麼叫住他。

——瑟蕾絲小姐很快就會前往王都。因為她會祕密前往，與其回去與他們會合，不如在王都等候，說不定比較容易見到面。

——妳說她會到王都？在這種狀況下？為了什麼？

我跟潔絲互相對望。感覺在馬車裡面講太多細節好像不妥。

我們保留回答，就這樣悄悄地帶著諾特進入了王都。

諾特全身沾滿煤灰，看來慘不忍睹。他大概一直在火災後的針之森裡四處徘徊吧。我們先請他洗了個澡，接著為了避免被偷聽，移動到潔絲的實驗室。

為了可以承受某人不小心讓魔法爆炸的情況，實驗室打造得非常堅固。在挖開岩石打造而成的空間裡，為了採光而設置的簡陋窗戶敞開著。

我們在那裡盡可能地把關於瑟蕾絲的事情都告訴諾特。

「這樣啊……總之真是太好了，感謝你們……但真是個敗筆啊。」

見諾特一臉懊惱似的咂嘴，潔絲看似不安地歪了歪頭。

「沒事，我在自言自語。我會燒掉針之森，是為了妨礙瑟蕾絲的行動，以免她想不開跑去王都。但我慢了一步，反倒讓她留下可怕的經驗。」

「放火燒掉針之森的……是諾特先生您嗎？」

潔絲一臉驚訝地用手摀住了嘴。

「沒錯，我本來就打算燒掉針之森，早就擬定了計畫。我計算過放火的地點，也已經安排好讓火勢燒得更旺的燃料。其實我原本打算更之後才這麼做的，但瑟蕾絲不見蹤影，我心想只能趁現在了而付諸實行。反正無法避免與王朝全面開戰嘛。」

不過他似乎並非單獨行動，而是指揮部下們實行了這個計畫。他以前曾誇口「總有一天要放火燒掉針之森」，卻沒想到真的付諸實行。我心想，他真是個了不起的男人。

「你原本以為只要燒掉針之森，瑟蕾絲就無法抵達王都了吧？」

「對。但瑟蕾絲的移動速度比我想像中還快，沒想到會被她搶先一步。」

諾特無奈地嘆了口氣。潔絲溫柔地詢問：

「您之後也一直在尋找瑟蕾絲小姐嗎？」

「沒錯。」

但他找不到人，也沒有任何線索，最後全身沾滿煤灰地在監視王朝軍。約書也知道這件事，才會說「他不曉得上哪去了」吧。

潔絲露出微笑。

「您把一直在尋找瑟蕾絲小姐的事情告訴她本人的話，她一定會很高興的。」

「啥？」

諾特的眉毛扭曲起來。

「那傢伙不用知道。她八成會覺得給我添麻煩了，為此感到內疚吧。」

那的確也是一個真相。如果是瑟蕾絲，開口第一句話肯定會說「給您添麻煩了，對不起」，並深深地低頭道歉吧。

「就算那樣也沒關係。請您告訴她。」

潔絲不肯退讓。諾特也不願讓步。

「為什麼？」

「因為瑟蕾絲小姐如果知道諾特先生一直在找她，她也會很開心。」

潔絲的語氣彷彿在教導比自己年幼的男孩子戀愛知識。

「我才不要。我才不會說那種好像要她把我當恩人感謝的話。」

「是這樣嗎？那就由我來說。」

潔絲莫名頑固的態度似乎讓諾特有些驚訝。

「為什麼是妳來說啊？」

「因為諾特先生您不肯說呀。」

「啥啊？」

拜託你們兩個別吵架啦……

不過諾特還是一樣不懂女人心啊。他不談論自己的心情，只是默默完成該做的事情。豈止言出必行，根本是默默實行，這是諾特的優點也是缺點。對於像瑟蕾絲這樣會擔心別人怎麼看自己的人，有時直接把心裡話告訴她會比較好。

人類果然很麻煩。但所謂的人類就是這樣，這也是無可奈何的。

我們跟諾特一同生活，同時著手該做的工作。

試圖與修拉維斯交談的計畫，結果都是徒勞無功。無論怎麼爆破包圍住修拉維斯所在處的牆壁，牆壁都會自動修復，阻擋在我們面前。雖然諾特提出了「只要到處破壞街道，他就會出面阻止了吧？」這種像恐怖分子一樣的提議，但潔絲沒有點頭。

最後我們決定透過身為高階圖書館員的比比絲，請她幫忙轉達我們的要求。

但結果並不理想。雖然天空的顏色復原了，但世界仍殘留著零星的異常現象。豬還是會說話，王宮圖書館的時鐘指針也依舊是滴著血的手臂。路塔給我們的那張應該寫著「最後一塊碎片」的紙，也因為不曉得可以看出文字的「忘卻之泉」究竟是指什麼而無法解讀。

只要世界沒有完全恢復原狀，修拉維斯似乎就不打算改變他的態度。

根據比比絲所言，修拉維斯總是單方面地下令。據說他始終堅持「一旦發現耶穌瑪就抓起來帶回王都」、「一旦抓到瑟蕾絲就處以死刑」，不肯讓步。

我跟潔絲都不明白為什麼事情會變成這樣。如果他至少願意聽我們說話，應該能理解瑟蕾絲可以不用死這件事。為何他連這樣的要求都不肯回應呢？為何他會這麼單方面地企圖排除我們呢？

「表示這就是那傢伙的本性吧。」

諾特看到我們的樣子，冷淡地這麼說了。

但他的表情看起來像是蘊含著被以前的同伴背叛的悲傷。

在近處看到純真的潔絲表情越來越失望，實在令人難受不已。

結果我們無法和平解決問題，似乎只能按照計畫，利用造反者席特了。

關於這方面，事情似乎跟席特預料的一樣，進行得很順利。不愧是一直在近處觀察王家的人。

我們把解放軍會帶罪人前來的事情告訴比比絲後，比比絲將修拉維斯給她的信轉交給我們。上面沒有任何問候或溫暖的話，只是記載著時間與地點。

——明日　日落時刻　金之聖堂

祭祀著歷代國王的巨大聖堂內部，蓋起了厚重的玻璃牆。

我們只能從正面進入，進入大門後再稍微往前走，就看到有玻璃牆擋在眼前，是從地板覆蓋到天花板的巨大透明牆壁。拜提絲的棺材和寶座等主要構造都在牆壁的對面。

修拉維斯的訊息非常明確。

雖然會與你們面對面，但不打算讓你們過來這邊，只管閉上嘴把罪人交出來——

就是這麼一回事吧。

席特他們在潔絲的帶領下進入了王都。席特一身黑衣，雙手被看來很牢固的鎖鍊綁在背後。是由諾特帶著席特走在前頭的，伊茲涅與約書則跟在後面，兩人帶著把兜帽壓低到蓋住雙眼的少女——是瑟蕾絲。

與他們同行的兼人與奴莉絲為了避免無謂的風險，決定在聖堂外面邊監視邊待命。潔絲跟我則與席特一同在聖堂裡進行對應。

這次的目的只有一個——便是讓修拉維斯確認瑟蕾絲可以免於一死這件事。

就只有這樣而已。

席特、諾特、伊茲涅以及約書都是為此而來的。席特賭上自己的安危製造出與修拉維斯對話的機會，解放軍三人則負責保護關鍵的瑟蕾絲。

為了避免發生什麼萬一，潔絲跟我也必須多加留意周遭的情況。

我們從比日落稍早之前就在聖堂裡等待。雖然席特也說過可以不用警戒，但看來真的沒有要突襲的徵兆，金之聖堂的周圍就跟我們事先確認的一樣安靜。倘若接下來有什麼變化，負責監視的兼人和奴莉絲會通知我們。

在緊張的氣氛中，日落的鐘聲響起了。

玻璃的對面還沒看到任何人影。我們的周遭開始飄散起是否有哪邊出了問題的不安氛圍。

這時，席特忽然抬起頭，被鬍鬚覆蓋的嘴動了起來。

「大駕光臨了。」

我什麼都沒看見。玻璃牆的對面四處都找不到修拉維斯的身影。

潔絲的眼睛迅速地動了起來，隨即在寶座周圍停住。

「啊。」

潔絲發出的聲音讓我注意到了。可以看見空氣彷彿蜃景一般搖晃著。宛如要在寶座周圍隱藏什麼東西似的，景色正在晃動。

那陣搖晃彷彿風一般消失時，寶座的國王現身了。

修拉維斯身穿紫色法衣，露出充滿威嚴的模樣，冰冷的雙眼在蒼白的臉上犀利地發亮，俯視著我們。他的臉上沒有一絲微笑，只看到一副跟他父親一模一樣的冷淡表情，還有在右手中指上戴著透明結晶閃耀發亮的戒指。

在他身上，已經看不到我們曾一起奮戰過的朋友影子了。

感覺要相信是某人轉移到了他的身體上還比較容易。

「說出你最後的遺言吧。我可以等你這點時間。」

不由分說的平淡聲音從牆壁的另一頭迴盪過來。看來玻璃牆似乎施加了魔法，讓聲音可以傳遞過去。

諾特被席特用肩膀推了一下，他退向後方。由席特單獨走上前去。

儘管雙手被綁在背後，席特仍用只有一隻腳的身體深深地跪下，彷彿要獻上人頭一般向前傾斜表示敬意。

「近來天空的顏色看來十分舒服，生活也一直讓人感到非常舒適。這是陛下治理的世界正趨於穩定的證據吧。」

「快說重點。」

「聰明的陛下不可能沒有察覺到這樣的變化。這個世界確實在朝好的方向前進。況且我知道原因——我已經在此時帶來此地。」

席特打了個暗號後，伊茲涅與約書便迅速地將戴著兜帽的少女帶到他旁邊。

瑟蕾絲抬起頭來。覆蓋著她全身的是像鎖子甲一樣以細長鎖鍊編織而成，外表看來十分沉重的長袍。伊茲涅與約書就站在她身後護衛。

修拉維斯看到瑟蕾絲，蹙起了眉頭。席特迅速地將手伸到瑟蕾絲前面。

「陛下理應不會在制裁罪人之前，先動手殺害無辜的少女吧？請冷靜下來，仔細觀察這名少女。這名少女早已沒有魔力，楔子已經從這名少女的身體裡消失了。」

修拉維斯將戴著戒指的右手貼在下顎，從寶座上俯視瑟蕾絲。

他面不改色地陷入思考的模樣，就彷彿雕像還什麼一般。

「我沒理由要被連這種道理都不懂的國王判罪。假如您不在此時表示會寬恕這名少女，我會用最骯髒的話語詛咒辱罵這個國家、陛下還有陛下的子子孫孫，同時以死明志。」

席特用低沉響亮的聲音滔滔不絕地繼續宣言。

「倘若您表示會寬恕這名少女，我會在此認罪，祝福陛下並欣然受死。這是很簡單的事情。請您思考一下。」

這個男人的主張就跟我挑釁勒住修拉維斯脖子的馬奎斯時一模一樣。修拉維斯與他父親同樣抱持著強烈的自尊活著。席特熟知這點，才會選擇這番對修拉維斯而言最有效的話語。

不過，我同時也這麼心想。

一旦說出這種話，不就等於這個男人——等於席特已經沒有可以活下去的退路了嗎？縱然瑟蕾絲會得救，席特的命運也不會改變，此刻席特已經親口決定了自己的命運。還是說他有辦法就這樣逃向遠方？他有什麼辦法可以打倒在厚重的牆壁對面戴著不死戒指的修拉維斯嗎？還有，就算他逃到遠方了，這個男人是否會不惜在逆賊的汙名上又背負著大騙子的汙名，也要活下去？

席特是否從一開始就打算豁出性命了？

捨棄了忠義——捨棄了生存方法的忠臣，是抱著捨棄性命的覺悟來到這裡的嗎？

修拉維斯暫時用他鮮明的翡翠色眼眸檢視著瑟蕾絲，可以看出瑟蕾絲在顫抖。我身旁的潔絲將手貼在胸前，嚴肅地關注著情況發展。

這間聖堂總是會發生事件。

如果瑟蕾絲獲得了寬恕，事情就此結束倒還好，但在這裡可能不會那麼演變成那麼順利的展開。

一切都要看修拉維斯——看這個已經不曉得他內心想法的絕對國王如何判斷。

「……好吧。」

修拉維斯用一貫冰冷的態度說道：

「這個少女已經一無所有。也沒有理由要取她性命。我會撤回所有追兵。」

「……是。由衷感謝您明智的決斷。」

可以感受到彷彿結冰一般的緊張氣氛稍微鬆緩下來。

瑟蕾絲得救了。她已經沒必要逃命，也不再是王朝與解放軍起紛爭的火種。我們最優先的目的已經達成了。

可以看到潔絲貼在胸前的手，像是鬆了口氣似的輕輕放下。

剩下的就是如何結束這場會面。

修拉維斯依舊以冰冷的眼神俯視著席特。

「你特地來到這裡，想說的話就只有這些嗎？」

聽到他這番話，我陷入一種彷彿五臟六腑被強烈搖晃的心情。

就只有這些——就只有這些是什麼意思？我們為了讓瑟蕾絲得救，不惜做到這種地步，拚命製造出與他面對面的機會。席特甚至賭上自己的性命來到了這裡。

修拉維斯已經變得連我們這樣的心情都不懂了嗎？

「倘若陛下還願意聽我幾句……能否請您讓我選擇死法呢？」

席特維持一樣的態度這麼說了。修拉維斯咒罵似的回答：

「叛徒連當狗飼料的價值都沒有。只能按照手續處以死刑。」

修拉維斯只說了這些，便準備從寶座上起身離開。

席特稍微低下頭，叫住了他。

「我以前曾學到異國流傳著一種叫做切腹的傳統。」

我心想薩農還真會教一些多餘的事情。不能只教燒肉就好嗎？

「具備勇氣的真士兵要替自己的罪過負起責任時，會切開腹部以死謝罪。」

原本準備站起身的修拉維斯再次坐回寶座上。

「哦？然後呢？」

「我想在此以自己的性命，償還企圖謀殺陛下的罪過。」

伊茲涅在他身後露出動搖的模樣，發出了一聲「喂」。

席特打算在這裡切腹自盡嗎？在我們都在場的這個地方？

「我犯下的愚昧行為跟在場這些人沒有任何關係。能否請您看在我這條性命上，也寬恕解放軍成員呢？」

他的訴求散發出非比尋常的氣魄。他的聲音雖然低沉，卻十分宏亮。在厚重的玻璃牆對面，可以看見修拉維斯的表情厭惡地扭曲起來。

「……你的性命沒有那種價值。」

修拉維斯用迅速的動作，這次真的站了起來。他轉身離開，讓法衣輕飄飄地隨風擺動。

席特朝他的背影張大了嘴。

「聽好了！」

那聲音簡直就像龍的咆哮。彷彿整間聖堂都微微顫抖了起來。

修拉維斯背對著這邊停下腳步。

雖然看不見他的表情，但我想他一定是感到畏懼吧。我希望是那樣。

「我謀殺陛下絕非是為了解放軍。我從諾特小弟出生前就一直憎恨著王朝。因為王朝的制度，我失去了打從心底深愛的人。她被王朝給奪走了。我從比解放軍組成還要更早之前，就一直無比憎恨著王家。」

聽到曾經以為是忠臣的男人激烈地吐露出憎恨之情，修拉維斯的肩膀不禁動搖起來。

「那你更早殺掉我不就好了嗎？如果是身為龍族的你，應該隨時都能辦到吧。在父親大人過世後，你有得是機會。」

「我當然憎恨了。可能會燒掉王朝的火焰一直在我內心不斷燃燒著。但是我……因為有陛下在，才沒有那麼做。」
「這話是什麼意思？」
修拉維斯還是一樣背對著這邊，卻似乎很專注地聆聽席特所說的話。
「為何說因為有我在，才沒有復仇？」
席特筆直地注視著修拉維斯那邊。
「因為陛下的眼睛……繼承了令堂的堅強、聰明與溫柔。我想要試著相信一次看看。」
修拉維斯迅速地轉頭看向這邊。他的表情扭曲起來，且激動得滿臉通紅。
「就憑你這種人！了解母親大人的什麼！」
修拉維斯用彷彿要把憤怒按在地板上的粗暴腳步，走到了玻璃牆另一頭，面向這裡。
「說啊！」
是附加了魔力嗎？修拉維斯的聲音散發出比音量更強大的魄力。我身旁的潔絲往後倒退了一步，可以感受到這般強烈的壓迫感。
「就憑你，知道母親大人的什麼！」
由於魔與龍的較勁，厚重的玻璃牆彷彿隨時會破裂一般的緊張感支配了整間聖堂。
「我知道。」
席特一貫冷靜地回答。
「……我知道陛下所不知道的一切。」

這番發言讓現場陷入了一瞬間的沉默。

而這一瞬間恐怕是足以讓我，以及修拉維斯理解真相的時間。

原來是這樣嗎？

席特少年時代的赴都之旅以失敗告終，失去了他最愛的女性——瑪莉耶絲。

我一直以為瑪莉耶絲早就已經喪命，是我不認識的人。

但是，假如不是那樣——倘若瑪莉耶絲是我們很熟悉的人。

「……你到底在說什麼？講清楚。」

修拉維斯的聲音帶有明顯的動搖。席特則是堅定不移。

「把這些事情帶進墳墓，正是我對王家的復仇。」

席特用流暢的動作扯斷了把雙手綁在背後的鎖鍊。他的雙手披上黑色鱗片，宛如黑曜石般銳利地閃耀發亮。

「請將令堂灌注給您的愛情，也分給在場的這些人。」

「等等。」

席特並沒有等他，而是朝自己的腹部伸出右手拇指——毫不猶豫地把宛如利刃般的龍爪從衣服上用力刺了下去。他彷彿要收回右手似的動了動手，紅黑色的鮮血便像是解開封印似的從黑色衣服底下黏稠地流出。鮮血滴滴答答地滴落在幾何學圖案的地板上。

「請您用那雙眼睛，好好地見證我死去的模樣。」

席特的低吼聲，讓修拉維斯的翡翠色眼睛驚訝地瞠大。

「快……快住手……！等等！」

修拉維斯想伸出手，卻被自己建造的玻璃牆擋住了。

席特在這段期間將沾滿鮮血的右手從腹部拔出，貼到自己的脖子上。

他的瞳孔轉變成銳利細長的金色蛇眼睛，筆直地看著昔日的君主。

下個瞬間——修拉維斯的身影便被塗抹成一片赤紅，看不見人影。

從席特脖子噴出來的鮮血勾勒出美麗的曲線，染紅了整面玻璃。

只要能待在她身旁就心滿意足了

無論我怎麼尋找，都找不到瑪莉耶絲的屍體。我拚命地到處打聽情報。對於保持緘默的耶穌瑪狩獵者，我扯斷他的手指，打碎他的手臂進行拷問，卻還是沒能找到關於瑪莉耶絲的線索。我好幾次感到憤慨激昂，殺害的人已經多達數十個。

儘管如此，依舊沒有找到瑪莉耶絲。她是那麼聰慧的人，我想一定進入王都了吧。

所以我賭上些微的可能性，摸索出人頭地的方法。我在內心發誓，無論要做什麼都要往上爬，然後進入王都找出瑪莉耶絲。

我依靠過去的門路，進入了王朝軍。雖然是從底層出發，但靠著忠誠心與忍耐力，還有最重要的是利用龍族的力量，我沿著出人頭地的道路向前猛衝。

第一次的幸運是與高官的女兒相識。

她的父親是在野司令官，也就是在王都外面的軍人當中地位最高的男人。我給流浪漢一筆錢，要他去襲擊高官的女兒，接著由我親手拯救她。雖然是很簡單的自導自演，但我當場殺掉了流浪漢，所以知道真相的人只有我。就跟我計畫的一樣，在野司令官很中意我。

在我爬上門當戶對的階級時，敲定了跟高官女兒的婚事。因為她家沒有男丁，所以是採用入

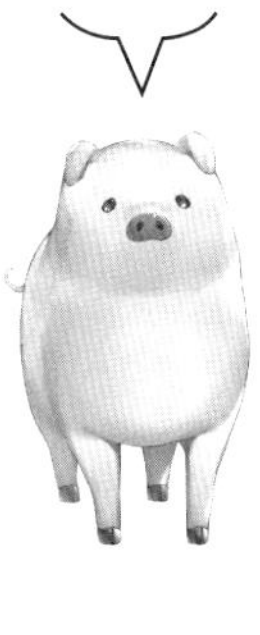

贅的形式。變成在野司令官的女婿後，我出人頭地的速度更快了。

也生了兩個孩子。是因為我不太照顧小孩嗎？他們沒有像到我，長成了好孩子。

第二次的幸運是以壓根兒沒想到的形式突然降臨的。

身為耶穌瑪的莉堤絲出來迎接久違地回家一趟的我，我大吃一驚，因為當時是家裡所有人應該都在睡覺的深夜。她穿著白天的衣服而非睡衣，頭髮也依舊綁著小辮子。

「妳還醒著嗎？不好好睡覺的話，會影響到工作吧。」

我邊將外套收到衣櫥裡邊這麼說，但她沒有回應。我感到不可思議地轉過頭看。

只見莉堤絲靜靜地看著這邊。她應該再過一、兩年就要離開這個家，所以年紀大概是十四或十五歲吧。雖然不算聰明伶俐，但她是個老實且溫柔的少女，孩子們似乎都非常喜歡她。

那樣的莉堤絲用彷彿可以看透一切的眼神注視著這邊，所以讓我感到很不可思議。她是會擺出這種表情的女孩嗎？

「怎麼了？如果有什麼想說的話，不用客氣，儘管說出來吧。」

她站著不動的模樣讓我感覺有一些詭異。

「不能讀心這點是真的啊。」

莉堤絲用低沉的聲音對我這麼說了。我感覺到危險，讓右手龍化。

「你是誰？對莉堤絲做了什麼？」

「別慌張，我並非想危害你們。這個耶穌瑪目前正在上面睡覺。」

莉堤絲——應該說假扮成她的某人一邊這麼說，一邊拍了拍自己的胸膛。

我不明所以，陷入混亂。我原本以為是有人用藥物或什麼東西操控著莉堤絲，但似乎並非那麼回事。那麼，在我眼前的是什麼？

「要改變外貌時，我經常會選擇變成耶穌瑪，因為不會被人提防。況且最重要的是，觀察一個人會如何對待弱勢立場的女子，可以大致看出那個人的本質。」

那個人在附近的沙發上坐下並靠著沙發背，蹺起二郎腿。這實在不是莉堤絲會做出的行動。我從那個人的發言來思考。能夠改變外貌的人——

「……陛下？」

我急忙跪地並低頭行禮。倘若對方是國王，我等於是做了非常失禮的行為。

「正確來說我並不是國王，而是王子。我目前主要負責外勤。」

「是。屬下方才非常失禮，十分抱歉。」

雖然不曉得對方的實際年齡，我還是深深地低頭賠罪。要是在這邊冒犯到王子，我至今累積起來的努力也可能會毀於一旦。

「席特，你是個忠實的男人嗎？」

用莉堤絲的聲音告知我的這番話，具備著冰冷且讓人難以完全承受的重量。

「是。為了侍奉陛下、侍奉國家，我一直一心一意地盡忠。」

「這樣很好。其實啊——」

他用像是在估價般的眼神看向我這邊。

「我的部下似乎很欣賞你的能力，聽說他在考慮收你當養子，龍族的血統很寶貴。你有意進來王都裡嗎？」

「您……您說什麼……」

事情實在太過突然，讓我說不出話來。

「當然，這表示你得離開這個家庭。雖然你的孩子好像還小，但應該再也不會相見了吧。如果你不願意，直說無妨。我不會因此感到不悅，只會消除你的記憶，離開這裡而已。」

這是僅有一次的機會。幸運的騎馬沒有尾巴，只要抓住這個機會，與瑪莉耶絲離別後的夙願就能實現。要是錯過這個機會，就永遠沒有下次了。我沒有一絲迷惘。

「我當然打算心懷感激地接受您這番提議。」

「很好。下次我會測試你的忠誠心，展現出你會把一輩子奉獻給王家的決心吧。」

有著莉堤絲外貌的王子只說了這些便站起身，頭也不回地離開了。

發生這件事的三天後，有流浪漢襲擊了莉堤絲。

莉堤絲遭到強暴，身心嚴重受創。因為目擊案發現場的人並不是我，我無法隱蔽她遭到強暴的事實。儘管很不講理，但若要遵照王朝瘋狂的規則，這種情況不只是流浪漢，莉堤絲也必須被處以死刑。

我立刻逼問了那個男犯人。我只扯斷男人一根手指，他就吐出所有事情了。他說有個陌生女人給了他一大筆錢，要他襲擊那個耶穌瑪。

讓男人吐出所有事情後，我把他拉倒在石板上，一直痛毆到他全身變得像紅黑色地毯一樣薄為止。他的衣服裡似乎放著裝滿金幣的袋子，在打掃之際跑出了壓接後形狀變得像淺盤一樣的金塊。

這肯定是王子搞的鬼。他說要測試我的忠誠心，指的就是這件事。

我應該前進的道路只有一條。

交出莉堤絲後，過了一陣子我便被邀請進入王都。在那之前，莉堤絲被處以死刑，孩子們則帶著她的骨頭消失無蹤了。

迎接我的王子不知是在開什麼玩笑，居然又扮成莉堤絲的模樣。我心想他根本是個沒有人心的怪物。儘管如此，想到瑪莉耶絲，我還是跪拜在地，全心全意地服從王朝。

只要待在王都，一定能夠遇見瑪莉耶絲。這就是我所有的原動力。

見我交出變得像是淺盤般的金塊，王子瞥了一眼，這麼說了：

「你留著吧。我原本就把那點零錢當作是丟水溝了。」

他似乎完全不打算隱瞞自己教唆流浪漢施暴的事情。為了展現忠義，我深深地低下頭並高舉金塊。這就是笨蛋的生存方式。

「雖然這個王朝很殘酷，但希望你不要絕望。」

王子離開後，一個長髮男人拍了拍我的肩膀，這麼說了。

「即便要忍辱負重，只要人還活著，有一天必定會發生意料之外的奇蹟喔。」

一如男人所言，可以說是意料之外的奇蹟的——第三次的幸運，也是最後一次幸運降臨了。

我跟絕對不會認錯的那個人碰面了。看到她的臉時，我不禁大叫出聲。

翡翠色的眼眸——我壓根兒沒想到瑪莉耶絲居然變成了那個王子的王妃。

不過，像她那樣堅強又聰明的女孩，會被選為王妃也是理所當然的。即使經過二十四年的歲月，瑪莉耶絲依舊美麗動人。

「你要明白，我的命令就等於我身為王子的丈夫命令。但倘若有異議請提出來，因為我跟那個人不同，會傾聽別人的意見。」

我們久違的交談，她的眼睛一直盯著文件，以公事公辦的態度這麼說了。

「您是——」

我正想這麼開口之際，她一臉費解地看向了這邊，疑惑地歪起頭。

「哎呀，你為何在流淚呢？」

「……沒什麼，十分抱歉。因為路上風很強，沙子跑進眼睛了。」

「侍奉國王的軍人可以如此懈怠嗎？請繃緊神經。」

我察覺到了，察覺到令人絕望的事實——瑪莉耶絲她什麼都不記得。即使看到我，她對我也是漠不關心，聲音非常冷淡。

我們沒有好好地說上幾句話，我便離開現場了。

她的記憶被消除了，名字也變成了維絲這個一聽就像是王族的名字。我同時得知被消除的記憶是絕對不會復原的，就跟對耶穌瑪施加的一樣，是消除記憶的殘酷處置。據說歷代王妃都經歷了這樣的過程。

歡欣鼓舞的喜悅之情與肝腸寸斷的悲傷之情，宛如怒濤般同時降臨，我的內心被攪得一團亂。倘若沒有不會被讀心的龍族之力與長年鍛鍊出來的撲克臉，一定不會只是流下一行淚水就了事吧。

「您近來可好？過得還好嗎？」

第二次碰面時，我這麼詢問，結果她蹙起了眉頭，一臉覺得麻煩似的說道：

「為何我得向你報告那種事呢？」

「……這只是禮貌上的問候。」

「是這樣嗎？工作一切順利，我本身也極為健康。方便的話，可以進入正題了嗎？」

「失禮了。麻煩您。」

瑪莉耶絲連微笑都沒有露出，平淡地發出指示，我只能默默聆聽她的話。

我後來才知道瑪莉耶絲跟那個怪物之間甚至有了孩子。

我非常憎恨把我們拆散了兩次的王家。

但我決定繼續在王朝忠心耿耿地工作。

就算復仇，也不會發生任何好事。

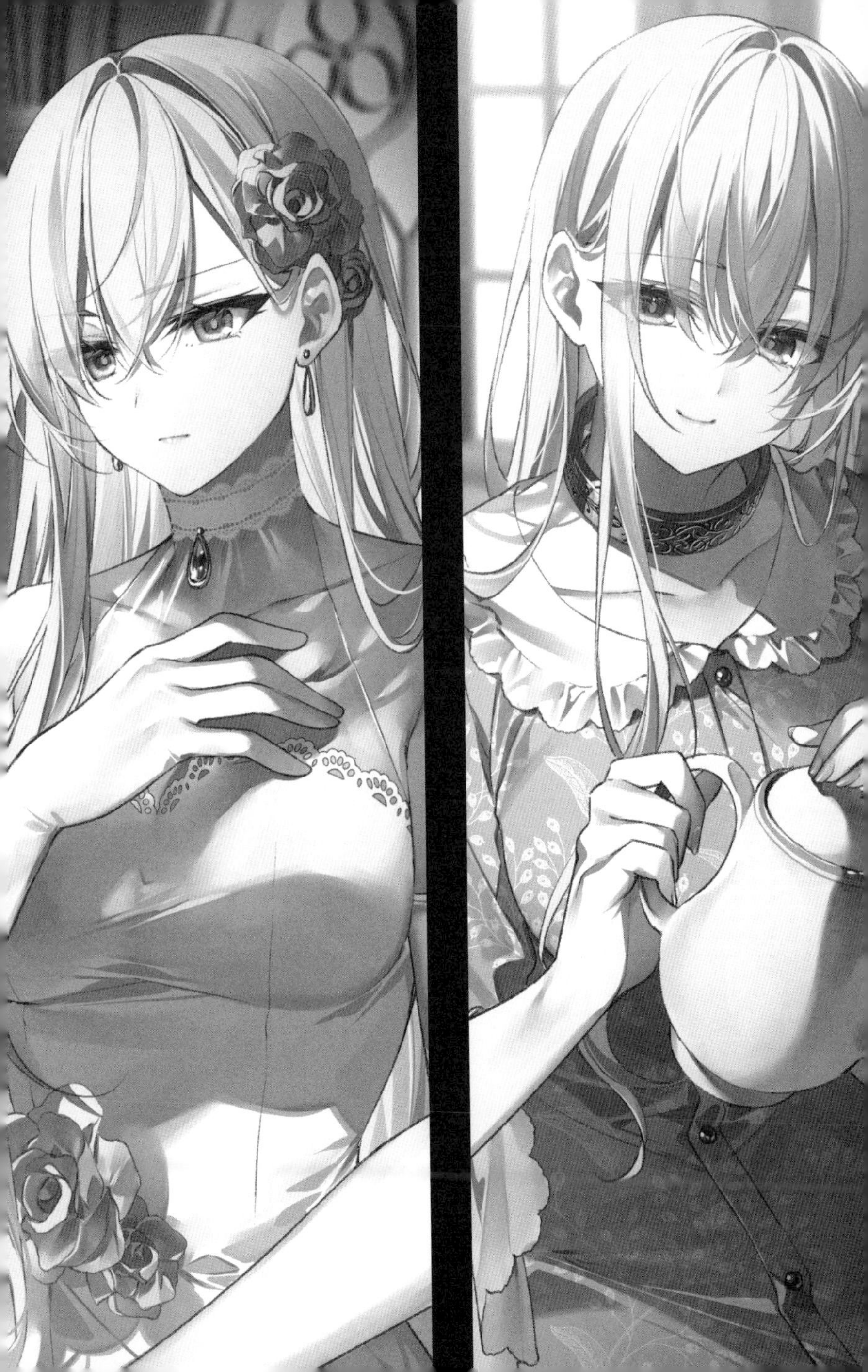

事到如今才告訴瑪莉耶絲所有事情，也不會發生任何好事。

我選擇什麼都不做——我只要能待在瑪莉耶絲的身旁就心滿意足了。

只要能從近處看著她平安生活的模樣，這樣就足夠了。

光是聆聽她平淡地對我下達命令的聲音，我就能感受到活著的意義。

只不過在我不會被任何人看透的心底，我總是偷偷地夢想著。

希望哪天因為陰錯陽差，她會再次泡那種茶給我喝。

只要一下子就好，就算是不小心也行，希望她對我露出笑容。

但結果一次也沒有發生那樣的奇蹟。

瑪莉耶絲在我的眼前死去了。她為了兒子、為了王家，選擇奉獻出自己的生命。那一瞬間，我彷彿凍結住一般動彈不得。

我的人生幾乎就在那時結束了，已經不會發生意料之外的奇蹟。

我心想，至少得讓一切劃上句點才行。

終結耶穌瑪這種會拆散相愛的情侶、不合理的制度，以及身為源頭的王朝。

而我謀殺了陛下——殺害那唯一繼承了瑪莉耶絲血脈的青年。

第五章 重要的事情要早點告訴對方

「該不會……維絲小姐就是……」

我跟潔絲暫且離開了聖堂。

修拉維斯在那之後依舊一臉蒼白，結果就那樣消失在牆壁另一頭。

頭跟身體已經分開的席特肉體，無論怎樣的治癒魔法都起不了作用，他就那樣斷氣了。

日落後的西邊天空從紅色轉為深藍，描繪出鮮明且自然的漸層。可以在東邊看見的星空並非那個密度異常的天空，而是以前那個散布著閃爍星星的夜空。

——他們的目的是在我眼前殘忍地殺害瑪莉耶絲。我們當然不可能只靠兩個人打贏那樣的對手。我立刻身受重傷。結果瑪莉耶絲她……

席特與瑪莉耶絲在赴都之旅的途中遭到耶穌瑪狩獵者的集團襲擊。席特那時把烤肉的狀況擺第一，結束了話題，所以我們一直以為瑪莉耶絲已經慘遭殺害了。

但我們錯了。席特不是被燒肉打斷，他是故意結束那個話題的。

為了避免我們察覺到瑪莉耶絲的真實身分。

——即使是現在，我依舊難以忘懷瑪莉耶絲當時對我露出的笑容。那是她給我的最後一次笑容。

雖然他沒有說謊，但他的說法簡直就像敘述性詭計一樣。

瑪莉耶絲在離別之際對他露出的笑容——那一定真的是席特收到的最後一次笑容吧。因為她從那之後就一直沒有對席特露出笑容過。

明明就近在身旁，卻一次也沒有。

「瑪莉耶絲小姐是獨自進入王都的呢。」

潔絲感觸良深地這麼說了。這時我回想起修拉維斯以前的發言。

——母親大人與曾經喜歡的人訣別，以耶穌瑪身分隻身到達了王都。

「而她被消除記憶，還換了個名字，以維絲的身分變成王子的王妃。」

在修拉維斯生日的那天晚上，維絲曾這麼說過，甚至在我們面前流下了淚水。

據說她抵達王都，被伊維斯選上後，跟以前相關的記憶都被消除了。不是像潔絲那樣只要解開魔法就會復原的封印，而是不可逆地被消除了。她說她甚至也忘了自己真正的名字。

——就連理應發誓過絕對不會忘記的那僅僅一人的名字，我都無法回想起來。

「維絲小姐經常提起……她無論如何都無法忘記自己曾經有僅僅一位很重要的人物……卻想不起那個人的長相和名字，一直覺得非常痛苦……」

「妳以前也說過一樣的話呢。」

「嗯……雖然我的情況是成功找回了記憶……」

我再次轉移到梅斯特利亞之際，潔絲的記憶被國王伊維斯封印了起來。只要回想起她當時難受的模樣，不難想像維絲是以怎樣的心情活過來的。而維絲並不曉得對方一直近在身旁，就這樣死去了。

席特直到臨死，都將那個祕密藏在心底。

潔絲的眼淚撲簌簌地掉落下來。

「維絲小姐她……席特先生他……這樣實在太可憐了。這種事情其實不應該發生的。」

「是啊。這個世界充滿了不應該發生的事情。」

「席特先生會拘泥於要出人頭地……也並非為了自己。他只是一心想要再見到或許是進入了王都的瑪莉耶絲小姐。明明如此……」

明明如此，在出人頭地之後雖然見到了以前的心上人，但對方已經完全忘記過去的事情，甚至還嫁入了萬惡根源的王家。

另一方面，自己則是已經失去了所有家人，被女兒和兒子叫做混帳老爹，遭到輕蔑，一直到死都沒能跟家人和解。

「我發現了一件事。」

淚流滿面的潔絲這麼說了。

「……什麼事？」

「抵達死城赫爾戴的時候，席特先生泡給瑟蕾絲小姐與我的茶──那個味道我曾經在哪裡喝過。我剛才發現了，那跟維絲小姐以前曾泡給我喝的茶非常相似。」

「原來是這樣嗎？」

雖然席特說是什麼臨戰特調來掩飾過去，但搞不好他是在重現維絲──重現瑪莉耶絲曾經泡給他喝的茶。

「……這麼說來，剛好有兩個漂亮的茶杯呢。我一直在想為什麼在廢墟城市裡，茶杯會這麼剛好地有潔絲跟瑟蕾絲的份……」

「說不定他是打算跟瑪莉耶絲小姐一起喝茶，才一直隨身帶著的。」

潔絲這麼說，並擦拭淚水。

「席特先生是為了尋死，才會到那個城市──到那個死城的。」

失去了最愛的瑪莉耶絲，又企圖謀殺君主，失去了目標的席特漂流到死城。

他被據說能夠與命運訣別的火焰吸引而前往，接著被神祕的聲音挽留。

「明明是那種狀況，他卻協助了我們嗎？」

「嗯，他也賭上性命，協助了我們懇求讓瑟蕾絲小姐活下來的計畫。」

「得感謝他才行啊。」

「是的……」

他企圖謀殺修拉維斯的過去是絕對無法獲得原諒的。他拋棄家人，以及為了出人頭地犧牲了無辜少女的事情，也一定不會被原諒吧。

但他隱藏在其中的思念，以及為了我們燃燒了生命的功績，同樣不會被那些罪行掩蓋過去。我們絕對不能忘記。

響起了沉重的門扉打開的聲響，是伊茲涅他們從聖堂裡出來了。

「結束嘍。」

伊茲涅看向這邊，一臉無奈似的轉了轉脖子。

「有個老婆婆跟大叔過來確認那傢伙跟瑟蕾絲的狀況。聽說王朝會認領那傢伙的屍體。瑟蕾絲已經重獲自由。事情總算解決了呢。」

瑟蕾絲脫下了之前一直披著的沉重鎖子甲。後來我聽兼人告訴我，那似乎是為了用金屬網無效化看不見的微波攻擊。雖然是以策萬全的裝備，但我心想幸好沒有派上用場。

被潔絲用哭紅的雙眼注視，約書看似一臉厭煩地揮了揮手。

「喔，如果是那傢伙的事情，妳不用放在心上。我們老早就捨棄父親了。或許我們曾經有血緣關係，但只是那個男人死掉這種事，我們不覺得有什麼大不了。」

「哎，他真的是爛到不行的老爹啊，死了反倒讓人覺得爽快呢。」

伊茲涅也扛著大斧，笑著這麼說了。

「……雖然我絕對不會原諒那傢伙，不過因為這次的事情，感覺我首次能夠理解那傢伙在想什麼了。幸好他是有明確的理由才拋棄莉堤絲和我們的，因為這樣總比毫無理由要好上一丁點嘛。」

「是啊。他並非讓人無法理解的人渣，而是個讓人勉強能夠理解的人渣。」

約書也用冷淡的聲音一派輕鬆地這麼說了。

伊茲涅走了過來，將手搭在潔絲的肩膀上。

「潔絲妹妹呀，被留下來的我們，要活得更有意義喔。」

「伊茲涅小姐……」

「像是死亡、殺人、搶奪或被搶奪什麼的，我已經受夠了這種悲傷的連鎖。不管有多複雜的原因，我都不想再繼續冤冤相報了。我們想拜託潔絲妹妹你們一件事，麻煩你們想辦法告訴那個頑固的陛下。」

諾特走了過來，用認真的眼神看向潔絲還有我。

「解放軍決定追求與王朝和平共處。我們想暫且把關係恢復到什麼十字處刑人出現前的狀態。如果那個處男混帳有那個意思，麻煩你們幫忙轉告他，我們已經準備好隨時都可以和解。」

「……好的，我知道了！謝謝您！」

「謝謝你啊，諾特。」

我們這些話讓諾特蹙起眉頭。

「這不是為了你們。這是為了我們自己，靠我們自己想出來的結論。」

天色已經完全入夜了。萬里無雲，是一陣子不見的美麗星空。

我跟潔絲在聖堂前的廣場與解放軍的幹部們面對面。

「那麼，我們要回南邊了。這次的事情承蒙你們關照啦。」

當諾特冷淡地這麼說，準備踏上歸途之際——

「請等一下……！」

潔絲突然逼近了他。

看來沒想到會被叫住的諾特一臉費解似的轉過頭來。

「怎麼了？」

潔絲上前一步，壓低音量。

「您看到瑟蕾絲小姐，沒有什麼話要說的嗎？」

我還以為潔絲要說什麼……這麼說來，瑟蕾絲今天也是穿著那時潔絲創造的短褲造型裝。諾特直到今天為止都是跟我們一起行動，所以是在剛才瑟蕾絲脫下鎖子甲後，才首次看到這個打扮的她吧。

突然被提到名字，瑟蕾絲不知所措地游移著視線。

看到這樣的瑟蕾絲，諾特疑惑地歪頭。

「什麼話是指？」

「您什麼都沒察覺到嗎？」

「啥啊？」

「那……那個，潔絲小姐，沒關係的……」

瑟蕾絲完全畏縮起來的聲音讓潔絲堅決地搖了搖頭。

「諾特先生，瑟蕾絲小姐不見蹤影後，您一直在找她吧？今天總算再次相見了。如果您看到瑟蕾絲小姐，內心有什麼想法，應該好好地化為言語說出來。」

伊茲涅看似很愉快地揚起嘴角，側眼看著諾特。

諾特稍微移開視線，自言自語似的說了：

「……哎，妳看來很有精神，真是太好了。」

光是這樣，瑟蕾絲就滿臉通紅，雙眼濕潤起來。

潔絲點了點頭。但她手扠在腰上，很明顯地還沒有完全信服的樣子。雖然感覺諾特很可憐，但一旦變成這種狀態，潔絲是怎樣也勸不聽的。

諾特像是在玩大家來找碴一樣地看了看瑟蕾絲，隨即補充道：

「這麼說來，好像沒看過她這身打扮啊。」

太可惜了，就只差那麼一步。

約書像是在催促什麼般，刻意咳了幾聲清喉嚨。

諾特的耳朵微微地泛紅起來。

「……挺適合妳的嘛。」

他有些害臊似的這麼說了。

瑟蕾絲就那樣站在原地，淚水從她的大眼睛撲簌簌地流了下來。

「怎……怎麼啦？」

在一臉困惑的諾特面前，瑟蕾絲揉了揉眼睛擦拭淚水。

「對不起……我太開心……」

諾特走到瑟蕾絲的正前方，溫柔地摸了摸她的頭。

差了不只一個頭的身高差距，在星空底下凸顯出來。

被摸著頭的瑟蕾絲看了地面一陣子後，忽然將臉面向了諾特。兩人之間的距離讓瑟蕾絲必須努力抬頭仰望，抬到連下巴底下的皮膚都筆挺地伸直，否則就對不上視線。

「諾特先生……一直以來真的很謝謝您。我過了一段很幸福的生活。」

她帶淚的聲音裡蘊含的堅強音色，讓我有些突兀感。

潔絲發出「咦」的一聲。這麼說來，瑟蕾絲為何要講得像是過去式呢？

「……怎麼了？瑟蕾絲。」

就連諾特似乎也察覺到瑟蕾絲的樣子不太對勁。

瑟蕾絲那雙大眼睛裡湧現出決心。可以看見她纖細的喉嚨緊張地嚥下了口水。

「其實我本來是打算等回到繆尼雷斯再告訴您的，不過……」

她深呼吸一口氣後，這麼說了：

「我打算回到瑪莎大人身邊。」

冰冷的夜風颯颯地吹過了廣場。

出乎所有人預料的這番話，讓諾特露出動搖的模樣。

「妳的意思是要暫時回去嗎？」

「不是的，我會一直留在那裡。」

「一直？為什麼？」

「因為我……已經無法使用魔法了。」

瑟蕾絲並未哭泣，目不轉睛地仰望著諾特。

「無法使用魔法的我已經沒有資格跟大家待在一起。沒有魔力的話，好像也沒辦法用立斯塔進行祈禱。我能做的事情已經只剩下料理了。然而如果是料理，其他人也辦得到。我派不上任何用場，只是顆絆腳石。」

「才沒那回——」

諾特試圖否定，但瑟蕾絲像是要蓋過他的話般說道：

「不要緊的。我是好好地思考過所有事情，自己做出了決定。瑪莎大人目前在繆尼雷斯開始了新的生意，聽說還需要人手，我應該到那邊會比較有用。」

「……這就是妳的真心話嗎？」

「是的……所以說，我跟諾特先生……要在這裡道別了。」

瑟蕾絲說到這邊後，彷彿突然沒力似的面向下方。她鑽過諾特的手底下，背對著他。我看見小顆的淚珠從她的臉上滴答滴答地掉落下來。

瑟蕾絲像是要趕路般地走了起來。

潔絲看向我這邊。她的眉毛垂成漂亮的八字形，顯示出困惑的神色。

「豬先生……怎麼辦，我……」

「什麼怎麼辦……既然是瑟蕾絲決定的事情，我們也不好說什麼……」

——我們根本無能為力。

瑟蕾絲的人生實在過於正直且純粹。沒有我們可以介入的空隙。

我在這次的旅途中學到了。我們只能跟她一起逃、陪在她身旁，還有鼓勵她而已。不管怎麼做，瑟蕾絲度過的人生都是只屬於她自己的故事。

我們從瑟蕾絲那邊奪走了諾特，把她捲進國家的巨大風波中，就結果來說甚至還奪走了她的魔力。就算想要補償她，結果也是什麼都辦不到。

只能彌補已經奪走的部分也好，至少希望可以讓瑟蕾絲獲得幸福。

明明如此——明明如此。

能夠對故事已經確定結局的人所說的話，實在是少得可憐。

就在潔絲的腳向前踏出一步，打算追上去時，諾特大喊一聲：「等等！」

諾特追在瑟蕾絲後面，從身後緊抱住她。

「等等，妳為什麼要像這樣逃走？在結束對話前，也聽聽我怎麼說吧。」

他的聲音罕見地在顫抖。

瑟蕾絲沒有回應，但看起來勉強像是點頭同意了。

「我有件事一直沒跟妳說。因為太愚蠢了，我沒有跟任何人說過。」

諾特毫不在乎他人的眼光，接著說道：

「……會有現在的我，都是多虧了妳——瑟蕾絲。」

瑟蕾絲就這樣被諾特從身後抱緊，一動也不動地站著。

「才沒那回事。」

「就是有啊。」

「因為，就算沒有我這種人，諾特先生也——」

「噯，瑟蕾絲，算我求妳，不要說什麼『我這種人』來貶低我重要的人。」

瑟蕾絲面向下方，緘口不言。

「我覺得不說也沒差的事，就不太會說出口。也不會只為了表現感情，就特地採取什麼行動。我想我應該是個很難懂的男人，但拜託妳不要誤會。妳對我而言是比其他人都更需要的人。」

諾特調整了一下變激動起來的呼吸後，接著說道：

「一直到妳來村莊為止，我迷失了生存的目標。妳也知道發生了什麼事吧。」

五年前——應該算是六年前了嗎？瑟蕾絲來到巴普薩斯時，諾特才剛痛失心上人伊絲沒多久。在瑟蕾絲因為工作不順利，遭到霸凌之際，諾特幫助了她。我聽說是這樣的。

「諾特先生您……失去了伊絲小姐……」

「沒錯。我那時候覺得死了也無所謂，也有很想死的時候。可是，有人讓我發現了我還不應該死。就是妳，瑟蕾絲。」

「我……我什麼也沒……」

「妳怎麼可能什麼都沒做啊？妳捫心自問，真的什麼都沒做嗎？」

瑟蕾絲還真的乖乖把她的小手貼在被諾特緊抱住的胸前。

她把手貼在除了刺進裡面的楔子外，連魔力也跟著一起消失的胸口，思考起來。

但她似乎什麼也沒想到。我也不曉得答案是什麼。

當時才八歲的無力少女，究竟是做了什麼，才拯救了被逼入絕望深淵的少年呢？究竟要做些什麼，才能夠辦到那種事呢？

「我……對不起，我真的什麼也沒做。我什麼都辦不到。」

「不對吧？」

諾特的語氣更強烈了。

「噯，不對吧？**妳需要我**，所以我才會想要繼續活下去。我沒有家人，跟我待在一起會顯得很開心的人，就只有妳而已。妳的存在拯救了我。」

「怎麼可能……我的存在拯救了諾特先生……？」

諾特就那樣緊抱著瑟蕾絲，接著說道：

「要是沒有妳在，我一定早就在那個村莊擺爛了。由於有妳在，我才能夠覺得想要努力；由於覺得能看到妳開心的表情，我才會繼續打獵。雖然因為時代在變、情況在變，能跟妳相處的時間減少了，但這點現在也一樣沒變。對我而言，如果讓馬車奔馳的馬是我對伊絲的思念，幫我握住轠繩的就是瑟蕾絲妳的存在啊。」

瑟蕾絲的手在緊抱住她的諾特手臂上微微顫抖著。

「發生了很多辛酸的事情，發生了很多不講理的事情，因此妳對這個爛到不行的世界絕望也沒關係。但我拜託妳，千萬別對自己感到絕望。妳……光是願意陪伴在我身邊，就有充分的價值了。至少我是這麼想的。」

雖然看不見諾特的面容，但從聲音可以知道他在哭泣。

「……所以說瑟蕾絲，拜託妳別再離開我了。」

瑟蕾絲彷彿潰堤般，嚎啕大哭了起來。

兩人的聲音在沒有人煙的廣場上迴盪著。

諾特更用力地抱緊了彷彿要崩潰的嬌小身軀。

「只要陪伴在身旁就好……實在是很美好的關係呢。」

夜深人靜時，潔絲跟我兩人一起走在沒有人煙的王都街道上。

跟以前的夜空相比，今晚的夜空星星較少，果然讓人感覺有些微暗。儘管如此，月光的明亮還是讓人足以出門漫步了。

「是啊。」

對我而言的潔絲也是這樣——這種話我實在說不出口。

「您有這份心我就很高興了。」

那是我的內心獨白耶……

「我也一樣，只要有豬先生陪伴在身旁就足夠嘍。我沒有更多奢望。」

「……太好了。」

「但我不允許您花心喔。」

「我怎麼可能花心啊?我什麼時候對其他女孩子表現出感興趣的樣子了?」

潔絲充滿懷疑的眼神看向我這邊。

「在這趟旅途中，一直被瑟蕾絲小姐萌得嘎嘎叫的人究竟是哪位呢?」

「那個不算啦……哎，應該說瑟蕾絲是像妹妹一樣的存在嗎?」

「不可以。」

「不可以嗎?」

「豬先生的妹妹只要有我一個人就夠了。」

或許是那樣吧。

我心想就當成是那樣吧。

我們前往位於懸崖上的泉。荷堤斯變身成羅西之際，為了封印自己的魔力而在左前腳戴上了腳環，為了解除那個腳環的封印，我跟潔絲曾經在解謎的同時去汲泉水，這就是我們當時去的那一汪泉。

我們暫且調查了許多東西的結果，得知那汪泉似乎就是路塔的亡靈所說的「忘卻之泉」。

潔絲緊握住漆黑的紙張。那是亡靈託付給我們的一張紙，紙上記載著為了讓這個世界恢復正常，還缺少的「最後一塊碎片」。

據說只要用泉水洗掉，就可以查明那最後一塊碎片是什麼。

這實在是太簡單了。雖然不曉得那個亡靈究竟有什麼意圖，但他似乎並非打算讓我們傷腦筋。

單純只是因為有某些理由——不想在那個地方被得知真相吧。

讓人解謎的時候，其中必定存在著動機。

只要查明最後一塊碎片，自然也會明白動機為何嗎？

我們按照荷堤斯的解謎遊戲指示的路線爬上階梯。長著翅膀的少女雕像真讓人懷念，要在這邊往右轉。這是避開懸崖正下方，繞遠路的路線。

潔絲不想經過懸崖底下。這也難怪吧。這座懸崖對我而言也是充滿苦澀回憶的地方。我當時根本不曉得潔絲有多麼需要我——不曉得只是陪伴在身邊這件事有多麼重要，就擅自從這座懸崖上跳下去了。

那之後發生了很多事情。沒能回到現代日本的我，雖然因為潔絲的靈術復活了，卻變成像是個半吊子幽靈一般的模樣。後來我經由深世界回到這邊的世界，用幾乎像是鑽世界漏洞的形式找回了實體。世界產生了巨大變化，我變得能用自己的嘴巴說話了。就在我忙著找回實體的期間，修拉維斯繼承了王位，接著發生連續殺人事件，迎向了破滅的尾聲。目前事情還沒有結束，但經歷了瑟蕾絲還有席特的事件後，我想世界正慢慢地為了變好而開始動起來。我想這麼相信。

而潔絲的手上，正握著應該可以結束一切的最後一片拼圖的情報。

但願這樣能讓世界恢復正常、修拉維斯不會再過度把耶穌瑪視為危險的存在、王朝與解放軍的和解可以成立，而大家又能朝著同一個方向，為了讓世界變得更好開始動起來——我忍不住這麼盼望著。

因為無論何時，故事都應該迎向大家能夠永遠幸福快樂生活的圓滿結局。

我們抵達那汪泉。有白色岩石在茂密的雜草中露出，透明的水從那裡不斷湧現。就是要用這個水來清洗路塔託付給我們的紙張。

「……豬先生，您準備好了嗎？」

「當然了。」

無論上面寫著什麼，我們一定都能達成。

潔絲在泉水旁蹲下，將漆黑的紙張舉起到臉部前。我在她旁邊乖乖等候著。

她細長白皙的手指將黑色紙張放入泉水。

「哇……」

潔絲不禁發出驚訝的聲音。

只見紙片將漆黑擴散到泉水中，讓人不禁想問那張紙上是怎麼藏了那麼多黑色？原本透明的泉水在轉眼間染成黑色，本來可以看見在底部的白色岩石，也立刻看不見了。就連潔絲的指尖都被漆黑與黑暗給吞沒而無法看見。

整汪泉水在一瞬間就染成黑色。

泉水的水面彷彿連月光都會吸入一般，完全是黑暗本身。這般深邃的黑暗究竟遮掩著怎樣的真相呢？

我一直看著泉水，慢了半拍才注意到潔絲已經拿出了紙張。

「可以看出上面寫什麼了嗎？」

潔絲沒有回應。

她茫然地眺望著小小的紙片。

「讓我看看吧。」

我一探出頭，潔絲便立刻緊握住紙片。漆黑的泉水從她白皙的手滴答滴答地滴落。

「……怎麼了？」

不祥的預感讓我的身體發冷。

潔絲小聲地詢問：

「豬先生您……應該沒有事情瞞著我吧……？」

她嚴肅的聲音讓我打了個寒顫。不祥的預感變得更強烈，感覺呼吸困難了起來。

可是，我瞞著她的事……我一直不敢告訴她的事情，並不是多嚴重的事。

我心想差不多該說出來了吧。

「……其實布蕾絲有跟我說我在原本的世界昏迷過去，只有類似靈魂的部分來到這邊的世界。我留在那邊的身體差不多快到極限了……哎，說得直接點，就是那邊的身體似乎很快就會死亡了。」

潔絲依舊僵在原地，沒有回應。

「不過沒關係。我決定要跟潔絲待在一起了。那邊的身體會變成怎樣都無所謂。我選擇留在這裡。」

我看向潔絲的眼睛。她不知在想些什麼，只見她的雙眼緩緩地滲出淚水。

「……最重要的是可以陪伴在身旁，沒錯吧？」

潔絲突然用力地抱緊了我。她的手臂在顫抖著。

「怎麼了？」

「為了跟豬先生在一起，我做了很多非常壞的事情。」

沙啞的聲音在我耳邊這麼說了。

「其中最壞的就是藉由通過深世界出來，把肉體放回靈魂上的行為……這是會把這邊的世界與那邊的世界混合在一起，原本不應該發生的事情。」

不祥的預感開始侵蝕腦部。

我利用世界結構的漏洞找回了肉體。

而因為瑟蕾絲放棄了楔子，照理說會復原的這個世界依舊不正常。

總覺得不用別人說，我好像也能明白這些事情代表著什麼意思。

說到底，路塔的亡靈為何那時不立刻告訴我們呢？

為什麼他會認為我們需要做好心理準備？

這時我注意到了——雖然漆黑的泉水在白色岩石上流動，但樣子似乎不太對勁。

流動的水彷彿墨水一般，以笨拙的筆跡點綴著梅斯特利亞文的文句。

——捨棄虛偽的肉體　清算汝等之罪行

「潔絲。」

我只能呼喚她的名字。

我現在只知道去依靠她顫抖的臉頰帶給我的溫暖。

「豬先生……」

騙人。我不想相信。

好不容易決定要在一起的，明明發誓要陪伴在身旁的。

路塔的訊息十分明確。

為了讓這個世界恢復原狀，強硬地找回肉體的我必須恢復成靈魂才行。

我必須成為一輩子都無法跟潔絲互相接觸的存在。

後記（第7次）

好久不見了，我是逆井卓馬。

第六集是五月發售，所以這集變成了睽違七個月的新書（註：指日本發售時間）。每次都讓各位讀者久候，實在非常抱歉。世界的變化實在太令人眼花撩亂，感覺這七個月來發生了各式各樣的事情。某公司好像也碰上了不少問題，不曉得是否能撐過去呢？（如果這段文字沒有被刪除，感覺應該是不要緊。）

真的很感謝雖然間隔了一段時期，還是願意購買本書的各位讀者。

那麼，關於每次越寫越多，不知道極限在哪的後記頁數，這次居然——

只有僅僅四頁！

因為文庫本一頁是十七行，我總共只能寫六十八行。

例如光是這一行文字，也會占用全體行數的一．四七％。

使用兩行就大約是三％。實在太浪費了。沒空計算這些東西了呢。

在我的肝臟沸騰翻滾的這股熱情，能否透過這短短幾頁的篇幅徹底傳遞給讀者呢？雖然感到

非常不安，但最近紙張好像也漲價了，這也是無可奈何的。我想做好覺悟，善用所有密度來寫下這篇「後記」。那麼，還請各位多多指教。

首先請容我報告一下近況。

其實從第七集開始，除了能幹的阿南編輯之外，又多了一位M編輯（因為種種原因，目前不公開姓名）負責豬肝這部作品！M編輯從學生時代就閱讀了豬肝這部作品，沒有比這更幸福的事情了。由於動畫的準備工作，各種交流也跟著變多，優秀的M編輯的存在幫了我很大的忙。

順帶一提，第七集加價購的月曆（註：此指日本發行時的狀況），是M編輯提議的（感謝捧場的讀者們！）老實說，如果原稿的進度很不理想，第七集也有可能變成一月出版。因為這樣，我原本有一點鬆懈下來，但聽說二〇二三年分的月曆會變成周邊這個消息，令我不禁振奮起來，心想「這下可得在二〇二二年內出版才行啊！」……M編輯實在是個高手呢。

那麼，剛才同樣稍微提到了一下，動畫也正穩紮穩打地進行準備，借助了許多人的力量，正在製作中。之後應該會慢慢地公開一些情報，敬請期待！

我最期待的果然是動畫會如何呈現豬視點的低角——「敘述文」的哏呢。漫畫版是由みなみ老師非常自然地將那些哏融入漫畫這個媒體裡面。而原本小說版大致上都是第一人稱，視點也幾乎是從豬先生的角度出發。正因如此，「敘述文＝內心話」這種構造才會成立。不過，在漫畫和動畫這類媒體上，主觀與客觀會摻雜在一起，視點也會變得更加複雜。在這種狀況中，要如何讓讀者和觀眾們不會感到突兀地享受這部作品——換句話說，就是要如何控制視點，對製作組而言應該是相當困難的問題吧？相反地，對各位讀者和觀眾而言，這或許是很有趣的部分呢。我想關鍵果然還是在於「視點」。

（當然這不是在說低角度的事，而是指內心獨白喔！）

另外，或許這件事不該寫在這裡也說不定。不過……

星海社出版了我的新書！

書名是《逃離七日之夜》（暫譯）。

個性完全合不來的四名男女被超自然力量關在夜晚的學校裡面。而他們為了逃離學校，將七大不可思議之謎一一解開——就是這樣的故事。

在封面上擺出得意表情的女孩子是故事的女主角，無論是她或是潔絲妹咩和瑟蕾絲妹咩，感覺都透露出作者的偏好呢。

希望各位讀者也能確認一下這邊！

（不是確認我的偏好，而是確認我的新書喔！）

一直聊關於我的事情也很沒意思，所以最後我想在不會透露劇情的範圍內，聊聊關於瑟蕾絲妹咩的事情。她在第二集封面被兩隻豬夾在中間，在這本第七集則是與潔絲妹咩兩人一起夾住豬先生，可說是貫徹這部系列的正統第二女主角。

她體型纖瘦、個性軟弱又內向、專情且捨己為人，是個非常拚命的普通女孩子。

可以說是絕對不會刊登在歷史書上的那種人吧。

這次的故事就是以這樣的她為中心。

無論何時，她都只是專注地在追逐一個人的背影，卻落入被國家追捕的窘境，變成大規模紛爭的火種——她即將面臨這種諷刺的命運。

所謂的世界平常明明在伸手完全無法觸及的地方，在產生變化之際，卻會露出看似親密的表情靠近，彷彿理所當然般地奪走這邊的日常。在這種時候，我們該怎麼做，才能幫助像瑟蕾絲妹咩這樣不幸的人呢？執筆原稿的途中，我忽然思考起這樣的問題。

話說回來，瑟蕾絲妹咩真的很可愛呢。這次能夠請遠坂老師畫了滿滿的瑟蕾絲妹咩，實在太幸福了。新衣服不用說，果然觸手的——

啊，行數不夠用了。那麼第八集再會吧！

二〇二二年十一月　逆井卓馬

義妹生活 1~5 待續

Kadokawa Fantastic Novels

作者：三河ごーすと　插畫：Hiten

萬聖節的燈火具有魔力。
展開不能讓任何人知曉的祕密生活——

既像兄妹又像戀人的悠太與沙季，有了一段無從命名的關係。彼此在適度依賴彼此的同時，嘗試著成為對方的理想伴侶。原先對異性不抱期待的兩人，在共度相同時光的情況之下，逐漸產生「變化」的徵兆。而周圍的人也慢慢注意到他們的「變化」……？

各 **NT$200~220/HK$67~73**

繼母的拖油瓶是我的前女友 1~9 待續

Kadokawa Fantastic Novels

作者：紙城境介　插畫：たかやKi

該選擇與結女再次兩情相悅的未來，還是幫助伊佐奈發揚才華的夢想？

水斗為伊佐奈的才華深深著迷，熱衷於她的職涯規劃。兩人為了轉換心情去聽遊戲創作者演講，主講人卻是結女的父親！儘管自知對結女的感情日益增長，然而事態將可能演變成家庭問題，水斗在戀情與現實間搖擺不定，結女卻開始積極進攻——

各 NT$220~270/HK$73~90

國家圖書館出版品預行編目資料

豬肝記得煮熟再吃/逆井卓馬作；一杞譯. -- 初版. --
臺北市：臺灣角川股份有限公司, 2023.07-
冊；　公分
譯自：豚のレバーは加熱しろ
ISBN 978-626-352-691-4(第7冊：平裝)

861.57　　112007615

Kadokawa Fantastic Novels

豬肝記得煮熟再吃 第7次

（原著名：豚のレバーは加熱しろ（7回目））

2023年7月5日　初版第1刷發行

作　者：逆井卓馬
插　畫：遠坂あさぎ
譯　者：一杞

發行人：岩崎剛人
總編輯：蔡佩芬
編　輯：邱璨萱
美術設計：莊捷寧
印　務：李明修（主任）、張加恩（主任）、張凱棋

發行所：台灣角川股份有限公司
地　址：104台北市中山區松江路223號3樓
電　話：（02）2515-3000
傳　真：（02）2515-0033
網　址：www.kadokawa.com.tw
劃撥帳戶：台灣角川股份有限公司
劃撥帳號：19487412
法律顧問：有澤法律事務所
製　版：尚騰印刷事業有限公司
ISBN：978-626-352-691-4